하룬과 이야기 바다

하룬과 이야기 바다

살만 루슈디 장편소설

김석희 옮김

문학동네

차 례

아들 자파르에게

젬블라, 젠다, 재너두.*
우리가 꿈꾸는 세상은 모두 실현될 수 있단다.
요정의 나라는 끔찍한 곳이기도 하지.
나는 눈에 띄지 않는 먼 곳을 헤매고 있지만,
이 책을 읽고 내 처지를 헤아려 주기 바란다.

———————————

*'젬블라'는 러시아 출신의 미국 작가 블라디미르 나보코프(1899~1977)의 소설 『창백한 불꽃』에
나오는 상상 속의 왕국. '젠다'는 영국 작가 앤서니 호프(1836~1933)의 소설 『젠다 성의 포로』에
묘사된 가공의 성채. '재너두'는 영국 시인 S.T. 콜리지(1772~1834)의 시 「쿠빌라이 칸」에 나오는
이상향. —옮긴이

1

허풍 대왕

옛날 알리프바이(힌두스탄어로 '문자'라는 뜻―옮긴이)라는 나라에
슬픈 도시가 있었습니다. 세상에서 가장 슬픈 이 도시는 억장이
무너질 정도로 슬픈 나머지 자기 이름도 잊어버렸습니다. 이 도
시는 서글픈 바다 근처에 있었고, 그 바다에는 '우울한 물고기'
가 가득했지만, 이 물고기들은 너무나 맛이 없어서, 그 물고기
를 먹은 사람들은 하늘이 파란데도 우울하게 트림을 했습니다.

슬픈 도시 북쪽에는 거대한 공장들이 서 있었는데, 이 공장들
은 실제로 슬픔을 만들고 포장해서 전 세계로 내보냈습니다. 세
상은 슬픔이 아무리 많아도 모자란 듯했습니다. 슬픔 공장 굴
뚝에서는 시커먼 연기가 쏟아져 나와, 불길한 소식처럼 도시를

뒤덮었습니다.

무너진 억장처럼 보이는 황폐한 건물들이 모여 있는 옛 시가지 너머, 시내 깊숙한 곳에 하룬이라고 불리는 행복한 소년이 살고 있었습니다. 하룬은 이야기꾼인 라시드 칼리파의 외동아들이었습니다.

라시드의 유쾌함은 그 불행한 도시 전역에 널리 알려져 있었고, 그의 입에서 끝없이 흘러나오는 엉뚱하고 짧고 복잡한 이야기들 때문에 그는 두 가지 별명을 얻었습니다. 그를 좋아하는 사람들은 그를 '우울한 물고기'로 가득 찬 바다처럼 유쾌한 이야기로 가득 찬 '공상의 바다'라고 불렀습니다. 하지만 그를 시샘하는 경쟁자들은 그를 '허풍 대왕'이라고 불렀습니다. 아내 소라야에게 라시드는 오랫동안 더 바랄 게 없을 만큼 다정한 남편이었습니다. 하룬이 자라난 집에서는 불행과 언짢은 얼굴은 찾아볼 수 없었고, 아버지의 호탕한 웃음소리와 어머니의 상냥한 목소리가 노래처럼 울려 퍼졌습니다.

그런데 무언가가 잘못되었습니다. (어쩌면 도시의 슬픔이 마침내 그들의 창문 틈새로 스며들어 왔는지도 모릅니다.)

그날 소라야는 노래를 부르다가, 누군가가 스위치를 꺼 버린 것처럼 도중에 노래를 뚝 그쳤습니다. 하룬은 뭔가 성가신 일이 생길 모양이라고 생각했습니다. 하지만 얼마나 큰 일인지는 짐작도 가지 않았습니다.

라시드 칼리파는 이야기를 지어서 들려주느라 바쁜 나머지, 아내가 노래를 부르지 않는다는 것을 알아차리지 못했습니다. 그것이 아마 사태를 더욱 악화시켰을 것입니다. 하지만 라시드는 무척 바쁜 사람이었습니다. '공상의 바다'요 이름난 '허풍 대왕'인 그에게는 이야기 주문이 끊이지 않았기 때문입니다. 라시드는 연습이다 공연이다 해서 자주 무대에 서야 했기 때문에 집에서 일어나는 일을 자세히 알지 못했습니다. 그는 도시와 나라를 여기저기 돌아다니며 이야기를 했고, 그동안 집에 남아 있는 소라야의 마음에는 차츰 먹구름이 끼고 천둥 번개가 치고 폭풍우까지 휘몰아쳤습니다.

하룬은 아버지와 같이 갈 수 있을 때는 언제나 함께 갔습니다. 아버지가 마법사인 것은 부인할 수 없는 사실이었기 때문입니다. 아버지가 막다른 골목에 임시로 만든 작은 무대에 올라가면, 누더기를 걸친 아이들과 이 빠진 노인들이 구름처럼 몰려와서 땅바닥에 쪼그려 앉았습니다. 아버지가 이야기를 시작하면, 시내를 돌아다니는 암소들까지 걸음을 멈추고 귀를 쫑긋 세웠습니다. 원숭이들은 지붕 위에서 만족스러운 듯 깍깍 소리를 지르고, 나무에서는 앵무새들이 아버지의 목소리를 흉내 냈습니다.

하룬은 아버지를 저글링(공 돌리기 곡예—옮긴이) 곡예사로 생각할 때가 많았습니다. 곡예사가 여러 개의 공을 한꺼번에 돌리듯, 라시드는 다양한 이야기를 현기증이 날 만큼 어지럽게 돌리면서도 단 한 번도 실수를 하지 않았기 때문입니다.

도대체 그 많은 이야기가 어디서 왔을까? 라시드가 미소 지으며 입만 벌리면, 마법 이야기, 사랑 이야기, 공주 이야기, 나쁜 숙부 이야기, 살찐 숙모 이야기, 콧수염을 기르고 노란 체크무늬 바지를 입은 악당 이야기, 환상적인 경치 이야기, 겁쟁이 이야기, 영웅 이야기, 전쟁 이야기, 재미있고 흥얼거리기 쉬운 노래 대여섯 곡을 갖춘 새로운 영웅 이야기가 튀어나오는 것 같았습니다.

'어떤 것도 무에서 생겨날 수는 없어.' 하룬은 생각했습니다. '그러니까 그 이야기들도 아무것도 없는 데서 난데없이 튀어나올 리는 없잖아?'

하지만 아버지한테 가장 중요한 이 질문을 던질 때마다 '허풍 대왕'은 솔직히 말해서 약간 튀어나온 퉁방울눈을 가늘게 뜨고, 출렁거리는 배를 두드리고, 엄지손가락을 입술 사이에 넣어 물을 마시는 듯한 우스꽝스러운 소리를 낼 뿐이었습니다. 꿀꺽 꿀꺽 꿀꺽. 하룬은 아버지가 그런 식으로 행동하는 것을 싫어했습니다.

"그러지 마시고 가르쳐 주세요. 정말로 그 이야기들은 어디서 오는 거예요?"

하룬이 끈질기게 물으면, 라시드는 신비롭게 눈썹을 꿈틀거리며, 허공에서 마녀가 주술을 쓸 때와 같은 손가락 모양을 만들었습니다.

"드넓은 '이야기 바다'에서 온단다. 따뜻한 '이야기 물'을 마시면, 시냇물처럼 흐르는 이야기가 나를 가득 채우는 걸 느낄 수 있지."

이 말을 듣고 하룬은 오히려 애가 탔습니다.

"그럼 아버지는 그 따뜻한 물을 어디에 보관하세요? 뜨거운 물병에 넣어 두셨을 텐데, 전 그런 것을 본 적이 없거든요."

"뜨거운 물은 '물의 정령'들이 설치해 놓은 눈에 보이지 않는 수도꼭지에서 나온단다." 라시드는 웃지도 않고 진지하게 말했습니다. "그걸 마시려면 가입자로 계약해야 해."

"어떻게 하면 가입자가 될 수 있어요?"

"아, 그건 너무 복잡해서 설명할 수가 없구나."

"어쨌든 저는 '물의 정령'도 본 적이 없어요." 하룬은 심술이 나서 말했습니다.

그러자 아버지는 어깨를 으쓱하면서 말했습니다.

"너는 한 번도 아침 일찍 일어나서 우유 배달부를 본 적이 없지만, 그런데도 거리낌 없이 우유를 마시잖니. 그러니까 제발 이러쿵저러쿵 구시렁거리지 말고, 이야기가 재미있으면 그걸로 만족하렴."

이것으로 끝이었습니다.

하지만 어느 날 하룬이 한 가지 쓸데없는 질문을 했기 때문에 큰 혼란이 일어났습니다.

 칼리파 가족은 콘크리트로 지은 작은 집 아래층에 살고 있었습니다. 분홍색 벽에 창문은 황록색이고, 삐뚤빼뚤한 금속 난간이 달린 발코니는 파란색으로 칠해져 있었습니다. 그래서 집은 (하룬이 보기에) 건물이라기보다 오히려 케이크처럼 보였습니다. 큰 저택도 아니었고, 부자들이 사는 고층 아파트와는 전혀 달랐습니다. 거기에다 가난한 사람들이 사는 집과도 전혀 달랐습니다. 가난한 사람들은 낡은 골판지 상자와 비닐로 지은 다 쓰러져 가는 움막에서 살았는데, 이런 움막집에는 절망이 덕지덕지 달라붙어 있었습니다. 더 가난한 사람들은 그런 집조차 없었습니다. 그들은 길거리나 가게 앞에서 잠을 잤지만, 그런 데서 자려 해도 동네 깡패들에게 자릿세를 내야 했습니다. 따라서 하룬은 사실 행운아였습니다. 하지만 행운은 아무 예고도 없이 바닥나 버리는 수가 있습니다. 조금 전까지만 해도 우리를 지켜 주던 행운의 별이 다음 순간에는 어디론가 달아나 버립니다.

 슬픈 도시의 주민들은 대부분 대가족이었습니다. 하지만 가난한 아이들은 병들고 굶주린 반면, 부잣집 아이들은 너무 많이 먹었고, 부모의 돈을 서로 차지하려고 싸웠습니다. 하룬은 부모님이 왜 자식을 더 낳지 않았는지 궁금했습니다. 아버지한테 물어봐도 궁금증은 풀리지 않았습니다. 아버지의 대답은 대답이라고 할 수도 없었기 때문입니다.

"하룬 칼리파, 너에게는 눈에 보이는 것 이상의 무언가가 있어."

"그게 도대체 무슨 말씀이세요?"

"우리는 너를 만드느라 우리한테 할당된 재료를 몽땅 써 버렸단다. 아이 네댓 명은 충분히 만들 수 있는 재료가 있었는데 말이다. 그래, 너한테는 눈에 보이는 것보다 훨씬 많은 재능이 숨어 있어."

라시드 칼리파는 간단명료한 대답을 하지 못했습니다. 더 구불구불하고 멀리 돌아갈 수 있는 길이 있으면, 그는 절대로 지름길을 택하려 하지 않았습니다. 어머니는 하룬의 질문에 좀 더 간단하게 대답했습니다.

"우리도 애썼단다." 소라야가 슬픈 얼굴로 말했습니다. "하지만 아이를 만드는 일은 그렇게 쉬운 일이 아니야. 가엾은 셍굽타 부부를 보렴."

셍굽타 부부는 이 층에 살고 있었습니다. 시청 서기인 셍굽타 씨는 꼬챙이처럼 마르고 애처롭게 우는 소리를 내고 아니꼬울 만큼 인색하고 속이 좁았습니다. 반대로 그의 아내 오니타는 너그럽고 통이 크고 목소리도 크고, 걸어 다니면 몸이 뒤뚱거릴 만큼 뚱뚱했습니다. 이들 부부에게는 자식이 하나도 없었고, 그래서 오니타는 하룬이 거북할 만큼 관심을 쏟았습니다. 하룬에게 사탕을 주고(이것은 좋았습니다), 하룬의 머리카락을 헝클어뜨렸습니다(이것은 안 좋았습니다). 오니타가 끌어안으면 거대한 폭포 같은 살이 하룬을 빈틈없이 둘러싸는 듯했기 때문에, 하룬은 상당한 불안과 공포에 사로잡히곤 했습니다.

셍굽타 씨는 하룬을 본 체도 하지 않았지만, 소리야에게는 늘 말을 걸었습니다. 하룬은 그것이 마음에 들지 않았습니다. 셍굽타 씨는 하룬이 듣고 있지 않다고 생각할 때마다 이야기꾼 라시드를 헐뜯곤 했는데, 하룬은 그것이 특히 마음에 들지 않았습니다. 셍굽타 씨는 가늘고 애처로운 콧소리로 이렇게 말을 꺼냈습니다.

"이런 말을 해서 미안하지만, 댁의 남편은, 머리는 허공에 붙어 있고 발은 땅에 붙어 있지 않아요. 그 이야기들은 도대체 다 뭡니까? 인생은 이야기책도 아니고 농담거리도 아니에요. 재미난 이야기는 결국 아무 쓸모도 없다고요. 사실도 아닌 이야기가 무슨 쓸모가 있습니까?"

창밖에서 듣고 있던 하룬은 이야기와 이야기꾼을 싫어하는 셍굽타 씨를 좋아하지 않기로 결심했습니다. 하룬은 사실 셍굽타 씨를 조금도 좋아하지 않았습니다.

'사실도 아닌 이야기가 무슨 쓸모가 있습니까?' 하룬은 이 무서운 질문을 머리에서 몰아낼 수가 없었습니다. 하지만 라시드의 이야기가 쓸모 있다고 생각하는 사람도 있었습니다. 이 무렵 선거가 가까워지고 있었는데, 여러 정당의 높은 분들이 라시드를 찾아와서는 한껏 거드름을 피우며, 자기네 집회에서만 이야기를 해 주고 다른 집회에서는 절대 이야기를 하지 말아 달라고 간청했습니다. 라시드의 마술적인 혀를 자기네 편으로 끌어들일 수만 있다면 아무 걱정도 없다는 것은 잘 알려져 있었습니다. 정치인들은 진실을 말하는 척하려고 안간힘을 쓰지만, 그들의 말을 한마디라도 믿는 사람은 아무도 없었습니다. (사실 정치인들은 진실을 말하는 것처럼 보이려고 애쓰기 때문에 오히려 거짓말하고 있다는 게 들통 나고 맙니다.) 하지만 라시드는 자기가 하는 말이 전혀 사실이 아니고 모두 머릿속에서 지어낸 이야기라는 사실을 인정했기 때문에 모든 사람에게 신뢰를 받았습니다. 그래서 정치인들은 사람들의 표를 얻기 위해 라시드의 도움이 필요했습니다. 그들은 번들거리는 얼굴에 거짓 미소를 머금고는 돈 가방을 들고 라시드의 집 밖에 줄을 섰습니다. 라시드는 마음대로 골라잡을 수 있었습니다.

모든 것이 잘못된 그날, 하룬은 학교에서 집으로 돌아가는 길에 우기의 시작을 알리는 첫 소나기를 만났습니다.

비가 슬픈 도시를 찾아오자 생활이 조금은 견디기 쉬워졌습니다. 그맘때면 바다에 병어라는 맛있는 생선이 나기 때문에 사람들은 잠시나마 '우울한 물고기'에서 해방될 수 있었고, 비가 슬픔 공장에서 뿜어져 나오는 시커먼 연기를 씻어 냈기 때문에 공기도 한결 시원하고 깨끗해졌습니다. 하룬은 한 해의 첫 비에 몸이 흠뻑 젖는 느낌을 좋아했습니다. 그래서 깡충깡충 뛰어다 니면서 억수같이 쏟아지는 비에 흠뻑 젖고, 입을 벌려 빗방울을 받았습니다. 빗방울은 퐁당 소리를 내면서 혀에 떨어졌습니다. 하룬은 바다에 사는 병어처럼 흠뻑 젖어 반짝반짝 빛나는 모습 으로 집에 도착했습니다.

오니타가 이 층 발코니에 서서 젤리처럼 몸을 흔들고 있었습 니다. 비가 내리지 않았다면 하룬은 오니타가 울고 있다는 것을 알아차렸을지도 모릅니다. 하룬이 집 안으로 들어가 보니, 아버 지가 창밖으로 얼굴만 내밀고 있었던 것처럼 보였습니다. 옷은 하나도 젖지 않았는데 두 눈과 두 뺨은 흠뻑 젖어 있었기 때문 입니다.

하룬의 어머니 소라야가 셍굽타 씨와 함께 달아나 버린 것입 니다.

정각 오전 11시에 소라야는 없어진 양말을 찾아 달라면서 라 시드를 하룬의 방으로 보냈습니다(하룬은 양말을 잘 잃어버렸 습니다). 잠시 후, 양말을 열심히 찾고 있던 라시드는 현관문이 쾅 닫히는 소리를 들었습니다. 그리고 또 잠시 후에는 차가 골 목을 달려가는 소리를 들었습니다. 라시드가 거실로 돌아와 보니 아내는 보이지 않고, 택시 한 대가 길모퉁이를 돌아서 쏜살같이 사라지는 것이 보였습니다.

'소라야는 아주 신중하게 계획을 세운 게 분명해.' 하고 라시드는 생각했습니다. 시곗바늘은 아직도 11시를 가리키고 있었습니다. 라시드는 망치를 집어 들고 그 시계를 산산조각으로 박살 냈습니다. 그런 다음 집에 있는 다른 시계들도 모조리 부숴 버렸습니다. 하룬의 침대 옆 탁자에 있는 시계도 망가졌습니다.

어머니가 가출했다는 소식을 듣고 하룬이 맨 처음 한 말은 "무엇 때문에 제 시계까지 부숴 버리셔야 했어요?"였습니다.

소라야가 쪽지를 남겼는데, 쪽지에는 셍굽타 씨가 라시드를 헐뜯을 때 쓴 불쾌한 말이 잔뜩 적혀 있었습니다.

'당신의 관심사는 오로지 쾌락뿐이지만, 제대로 된 사람이라면 인생은 진지하다는 걸 알 거예요. 당신의 머리는 거짓으로 가득 차 있어서, 진실이 들어갈 여지가 전혀 없어요. 셍굽타 씨는 상상력이 전혀 없어요. 난 그게 좋아요.'

그리고 그 밑에 덧붙이는 말이 적혀 있었습니다.

'하룬에게 내 말을 전해 주세요. 너를 사랑하지만 어쩔 수 없다고. 지금은 이렇게 할 수밖에 없다고.'

빗물이 하룬의 머리카락에서 쪽지로 뚝뚝 떨어졌습니다.

"어떡하면 좋으냐?" 라시드가 애처롭게 말했습니다. "내가 할 줄 아는 일은 이야기하는 것뿐인데……."

아버지의 목소리가 너무 측은하게 들리자, 하룬은 화가 나서 버럭 소리를 질렀습니다.

"그게 무슨 의미가 있어요? '사실도 아닌 이야기가 무슨 쓸모가 있냐'고요?"

라시드는 두 손에 얼굴을 묻고 흐느껴 울었습니다.

하룬은 방금 내뱉은 말을 주워 담고 싶었습니다. 아버지의 귀에서 그 말을 파내어 자기 입 속에 도로 쑤셔 넣고 싶었습니다. 하지만 물론 그럴 수는 없었습니다. 그 직후 아주 난처한 상황에서 '상상도 못 할 일'이 일어났을 때 하룬이 자신을 꾸짖은 것은 그 때문이었습니다.

전설적인 '공상의 바다', 전설적인 '허풍 대왕' 라시드 칼리파가 수많은 청중 앞에 서서 입을 벌렸는데, 할 이야기가 바닥나 버린 사실을 깨달은 것입니다.

어머니가 집을 나간 뒤, 하룬은 어떤 것에도 오랫동안 정신을 집중할 수가 없었습니다. 정확히 말하면 한 번에 11분 이상은 정신을 집중하지 못했습니다. 라시드는 하룬의 기운을 북돋워 주려고 극장에 데려갔지만, 정확히 11분이 지나자 하룬의 주의가 산만해졌습니다. 영화를 다 본 뒤에도 하룬은 영화가 어떻게 끝났는지 알 수가 없어서, 착한 사람들이 결국 이겼느냐고 아버지에게 물어보아야 했습니다. 이튿날 하룬은 동네에서 길거리 축구를 했습니다. 하룬은 골키퍼를 맡았는데, 처음 11분 동안은 연달아 멋진 수비로 상대 팀의 득점을 막았지만, 11분이 지나자 아주 쉬운 공격도 막아 내지 못하고 상대팀에 골을 내주기 시작했습니다. 이런 상태가 계속되었습니다. 그의 마음은 언제나 몸을 떠나 어딘가를 헤매고 있었습니다. 이런 현상은 상당한 어려움을 낳았습니다. 재미난 일이나 중요한 일은 대부분 11분보다 오래 걸리기 때문입니다. 식사도 그렇고 수학 시험도 그렇습니다.

문제의 원인을 정확하게 지적한 사람은 오니타 생굽타였습니다. 오니타는 전보다 훨씬 자주 아래층에 내려오기 시작했습니다. 한번은 아래층에 내려와서 도전적으로 선언했습니다.

"이젠 나를 생굽타 부인이라고 부르지 마세요! 오늘부터는 그냥 오니타 양이라고만 부르세요!" 그런 다음 자기 이마를 마구 때리면서 울부짖었습니다. "아아! 앞으론 어떻게 될까?"

하지만 라시드가 하룬의 주의력이 산만해졌다고 말하자, 오니타 양은 단호하게 말했습니다.

"하룬의 어머니가 집을 나간 게 11시예요. 그런데 이제 하룬의 주의력이 11분밖에 지속되지 않는 문제가 생겼다면, 그 원인은 하룬의 '심리'에 있어요." '심리'가 무슨 뜻인지를 라시드와 하룬이 알아차리는 데에는 한참 시간이 걸렸습니다. "심리적 슬픔 때문에 하룬은 11이라는 숫자에 달라붙어 12로 나아가지 못하는 거예요."

"그렇지 않아요." 하룬이 항의했지만, 속으로는 정말 그럴지도 모른다고 생각했습니다. 그는 망가진 시계처럼 시간에 달라붙어 버린 것일까요? 소라야가 돌아와서 시계들을 다시 살려 놓을 때까지는 문제가 해결되지 않을지도 모릅니다.

며칠 뒤, 라시드 칼리파는 M산맥에 아늑하게 자리 잡고 있는 G라는 도시와 그 옆에 있는 K골짜기에서 정치인들의 요청을 받고 공연을 하게 되었습니다. (한 가지 설명해 두자면, 알리프바이 나라에서는 많은 지명이 한 글자로 되어 있었습니다. 이것은 많은 혼란을 낳았습니다. 글자는 한정된 개수밖에 없는데 이름을 써야 할 곳은 무한정으로 많았으니까요. 그 결과 하나의 이름을 여러 곳이 공유할 수밖에 없었는데, 편지가 엉뚱한 주소로 배달되는 것도 그 때문이었습니다. 게다가 슬픈 도시 같은 일부 도시는 아예 자기 이름을 까맣게 잊어버렸기 때문에 상황이 더욱 복잡해졌습니다. 여러분도 충분히 짐작할 수 있겠지만, 우체국 직원들은 참고 견뎌야 할 일이 많았기 때문에 이따금 흥분하기 쉬워질 수도 있었습니다.)

라시드는 아무렇지도 않다는 듯 시치미를 뗀 얼굴로 하룬에게 말했습니다.

"자, 가자! 여기는 공기가 말할 수 없이 축축하지만, G시와 K

골짜기는 아직 날씨가 좋아."

슬픈 도시에는 비가 너무 많이 내려서, 사실을 말하면 숨을 들이쉬기만 해도 거의 익사할 지경이었습니다. 마침 이 층에서 내려온 오니타가 라시드의 말에 슬픈 얼굴로 맞장구쳤습니다.

"참 좋은 생각이군요. 둘 다 가세요. 명절 같을 거예요. 내 걱정은 전혀 하실 필요 없어요. 나는 혼자 꼼짝 않고 앉아 있을 테니까."

라시드는 열차 안에서 하룬에게 말했습니다.

"G시는 별로 특별하지 않아. 하지만 K골짜기는 달라! 황금빛 들판과 은빛 산들이 있고, 골짜기 한복판에는 아름다운 호수가 있지. 그런데 호수 이름이 '단조로운 호수'란다."

"호수가 아름답다면서요. 그렇다면 '흥미로운 호수'라고 불러야 하지 않나요?" 하룬이 말했습니다.

라시드는 좋은 기분을 가지려고 안간힘을 쓰면서 전처럼 마녀가 주술을 쓸 때와 같은 손가락 모양을 만들었습니다.

"좋다. 그럼 '흥미로운 호수'라고 하자꾸나." 라시드가 신비로운 목소리로 말했습니다. "이제 또 이름이 바뀌었으니, 정말로 '이름 많은 호수'로군."

라시드는 즐거워 보이려고 계속 애를 썼습니다. 라시드는 '단조로운 호수'에서 그들을 기다리고 있는 '최고급 집배'에 대해 하룬에게 말해 주었습니다. 은빛 산맥 속에 있는 황폐한 요정의 성에 대해서도 말해 주었고, 고대 황제들이 지은 유원지에 대해서도 말해 주었습니다. '단조로운 호수' 가장자리까지 내려온 유원지에는 분수와 테라스와 공연장도 있는데, 그곳에는 고대 왕들의 혼백이 후투티 새로 변장하여 지금도 날아다니고 있다고 말해 주었습니다. 하지만 정확히 11분이 지나자 하룬은 아버지의 말에 귀를 기울이지 않았습니다. 라시드도 이야기를 그만두었습니다. 그들은 차창 밖에 펼쳐지는 단조로운 평원을 말없이 내다보았습니다.

G시의 기차역에는 커다란 콧수염을 기르고 노란색 체크무늬 바지를 입은 무뚝뚝한 표정의 사내 둘이 마중을 나와 있었습니다. 하룬은 그들이 악당처럼 보인다고 생각했지만, 이런 생각을 입 밖에 내지는 않았습니다. 두 사내는 라시드와 하룬을 차에 태우고는 곧장 정치 집회장으로 데려갔습니다. 그들은 물을 흠뻑 머금은 스펀지에서 물이 뚝뚝 떨어지듯 사람들을 떨어뜨리는 버스들을 지나쳐, 사람이 숲을 이루고 있는 집회장에 도착했습니다. 수많은 사람들이 밀림의 나뭇잎처럼 사방팔방으로 뻗어 나가고 있었습니다. 아이들이 거대한 덤불을 이루었고, 여자들은 커다란 화단에 심어진 꽃들처럼 줄지어 있었습니다. 라시드는 깊은 생각에 잠긴 채 슬픈 얼굴로 고개를 끄덕이고 있었습니다.

바로 그때 '상상도 못 할 일'이 일어났습니다. 라시드는 거대한 밀림 같은 군중 앞에서 무대로 나갔습니다. 하룬은 무대 옆에서 아버지를 지켜보았습니다. 이윽고 가엾은 이야기꾼은 입을 열었습니다. 군중은 흥분하여 꽥꽥 소리를 질렀습니다. 라시드 칼리파는 무대 위에 서서 입을 벌린 채, 입이 가슴과 마찬가지로 텅비어 버린 것을 깨달았습니다.

"까악." 그의 입에서 나온 것은 이 외마디뿐이었습니다. '허풍 대왕'은 멍청한 까마귀 같은 소리만 내질렀습니다. "까악, 까악, 까악."

그 후 라시드와 하룬은 한증막처럼 후텁지근한 사무실에 갇혔습니다. 콧수염을 기르고 노란색 체크무늬 바지를 입은 두 사내는 라시드에게 고함을 지르고, 라시드가 경쟁자한테 매수를 당했다고 비난하면서, 라시드의 혀를 잘라 버리겠다고, 혀만 아니라 다른 것도 잘라 버릴 수 있다고 협박했습니다. 라시드는 울음을 터뜨릴 듯한 얼굴로, 왜 말이 안 나왔는지 자신도 이해할 수 없다는 말을 되풀이하면서, 충분한 보상을 약속했습니다.

"K골짜기에서는 잘하겠습니다." 라시드가 맹세했습니다.

"물론 그래야지." 콧수염을 기른 사내들이 소리를 질렀습니다. "안 그러면 거짓말하는 네 목구멍에서 혀가 뽑히게 될 테니까."

"그런데 K골짜기로 가는 비행기는 언제 떠나죠?"하룬이 사태를 진정시키고 싶어서 끼어들었습니다. (기차는 산속으로 들어가지 않는다는 것을 하룬은 알고 있었습니다.)

두 사내는 더욱 목청을 높여 소리를 지르기 시작했습니다.

"비행기? 비행기라고? 아비는 입이 닫혀서 이야기도 나오려 하지 않는데, 아들 녀석은 하늘을 날고 싶어 하는군. 네놈들이 탈 비행기는 없어. 털털이 버스나 타고 가!"

'내가 또 실수했군.' 하룬은 참담한 기분으로 생각했습니다. '모두 나 때문이야. 사실도 아닌 이야기가 무슨 쓸모가 있느냐는 질문이 아버지의 가슴을 찢어 놓고 말았어. 그러니까 사태를 바로잡을 책임도 나한테 있어. 무슨 수를 써야 해.'

그런데 문제는 어떤 방법도 생각나지 않는다는 것이었습니다.

2
우편 버스

　고함을 지르는 두 사내는 라시드와 하룬을 낡아 빠진 자동차 뒷좌석에 밀어 넣었습니다. 진홍빛 시트는 다 찢어졌고, 볼륨을 최고로 높인 싸구려 라디오에서는 영화 음악이 쾅쾅 흘러나오고 있었습니다. 그런데도 두 사내는 버스 정류장의 낡은 철문까지 가는 동안, 이야기꾼 따위는 믿을 수 없다고 계속 소리를 질러 댔습니다. 이윽고 정류장에 도착하자 두 사내는 작별 인사도 없이 하룬과 라시드를 거칠게 차에서 내쫓았습니다.

　"여비는?"

　라시드가 한 가닥 기대를 품고 물었지만, 두 사내는 또 소리를 질렀습니다.

"돈을 더 달라고? 뻔뻔스럽기는! 낯짝 두꺼운 철면피 녀석!"

그러고는 최고 속도로 차를 몰고 가 버렸습니다. 개들과 소들, 그리고 과일 바구니를 머리에 인 아낙네들은 차를 피해 허둥지둥 달아나야 했습니다. 요란한 음악 소리와 무례한 욕설이 멀어져 가는 차에서 계속 쏟아져 나오고 있었습니다.

라시드는 주먹을 흔들지도 않았습니다. 하룬은 아버지를 따라, 먼지가 풀풀 이는 안마당을 가로질러 매표소로 걸어갔습니다. 마당을 둘러싼 담벼락은 야릇한 경고문으로 뒤덮여 있었습니다.

과속하면 틀림없이 죽는다.

이것이 한 예였습니다.

무리한 추월은 저승 가는 확실한 지름길.

이런 경고문도 있었습니다.

조심 운전! 서행 운전! 장난 금지!
목숨은 소중하다! 차는 값비싸다!

'뒷좌석에 앉은 승객들한테 소리 지르지 말라는 경고문도 하나쯤은 있어야 해.' 하룬은 속으로 중얼거렸습니다.

라시드는 차표를 사러 갔습니다.

매표구 앞에서는 사람들이 줄을 서는 대신 씨름판을 벌이고 있었습니다. 다들 먼저 표를 사고 싶어 했기 때문입니다. 게다가 많은 사람들이 닭이나 아기나 보따리를 안고 있었기 때문에, 깃털과 장난감과 모자가 날아다니는 난투극이 벌어졌습니다. 이따금 옷이 찢어진 사람들이 비틀거리며 혼란 속에서 튀어나와 작은 종잇조각을 보란 듯이 흔들었습니다. 차표였습니다! 라시드는 숨을 한 번 깊이 들이마시고 뒤엉킨 군중 속으로 뛰어들었습니다.

한편, 버스가 늘어서 있는 안마당에서는 작은 먼지구름이 사막의 회오리바람처럼 이리저리 달리고 있었습니다. 하룬은 그 먼지구름 속에 사람이 가득 차 있는 것을 알아차렸습니다. 정류장에는 승객이 너무 많아서 버스에 다 탈 수가 없었고, 어쨌든 어떤 버스가 먼저 떠날지는 아무도 몰랐습니다. 그래서 운전사들은 짓궂은 장난을 칠 수 있었습니다. 한 운전사가 자기 버스에 시동을 걸고 백미러를 조정하면서 금방이라도 떠날 것처럼 행동합니다. 그러면 당장에 한 무리의 승객이 여행 가방과 침낭과 앵무새와 트랜지스터라디오 따위를 그러모아 그쪽으로 달려갑니다. 그러면 운전사는 씨익 웃으면서 시동을 끕니다. 그때 안마당 반대쪽에서 다른 버스가 시동을 걸고, 그러면 승객들은 다시 그쪽으로 우르르 달려가는 것입니다.

"이건 공정한 짓이 아니야." 하룬이 소리를 내어 말했습니다.

그러자 뒤에서 걸걸한 목소리가 대답했습니다.

"맞아. 하지만 하지만 하지만 아주 재미난 구경거리라는 건 너도 인정할 거야."

목소리의 주인은 앞머리가 앵무새의 깃관처럼 곧추선 덩치 큰 사내였습니다. 그는 얼굴에도 털이 많았습니다. 그의 털은 머리카락도 수염도 왠지 새의 깃털 같다는 생각이 하룬의 마음속에 문득 떠올랐습니다.

'당치도 않은 생각이야.' 하룬은 속으로 말했습니다. '도대체 내가 왜 그런 생각을 했을까? 누구나 알 수 있듯이, 그건 터무니없는 생각이야.'

바로 그때 종종걸음으로 달리는 승객들이 일으킨 먼지구름 두 개가 충돌하여, 우산과 우유통과 신발들이 폭탄 파편처럼 터져 나왔습니다. 하룬은 그럴 작정이 아니었지만 소리 내어 웃기 시작했습니다. 그러자 깃털 같은 털을 가진 사내가 걸걸한 목소리로 말했습니다.

"너는 참 굉장한 아이구나. 사물의 우스운 면을 보다니 말이다! 사고는 사실 슬프고 끔찍한 거야. 하지만 하지만 하지만 콰당! 퍽! 후두둑! 이런 것이 사람들을 낄낄거리게 만들지."

덩치 큰 사내는 일어나서 허리를 굽혀 절을 했습니다.

"도움이 필요하면 뭐든지 말해. 내 이름은 '하지만'이야. K골짜기로 가는 제1호 특급 우편 버스 운전사지."

하룬은 자기도 허리를 굽혀 절을 해야 한다고 생각했습니다.

"제 이름은 하룬이에요." 그러고는 한 가지 생각이 떠올라 이렇게 덧붙였습니다. "뭐든지 도와주겠다고 하셨는데, 사실은 부탁이 하나 있어요."

"내 말은 일종의 인사치레였어." 하지만 씨가 대답했습니다. "하지만 하지만 하지만 약속은 지킬게! 인사치레로 하는 말은 교활한 거야. 비비 꼬일 수도 있고, 곧이곧대로일 수도 있으니까 말이야. 하지만 '하지만'은 말을 비트는 부정직한 사람이 아니라 정직한 사람이야. 그래, 원하는 게 뭐지?"

하룬은 G시에서 K골짜기로 가는 길이 무척 아름답다는 말을 아버지한테 자주 들었습니다. H고개를 지나 I터널 쪽으로 뱀처럼 구불구불 올라가는 길에는 눈이 쌓여 있고, 협곡에서는 전설에 나오는 듯한 다채로운 색깔의 새들이 날아다닌다고 했습니다. 터널을 빠져나오면 나그네의 눈앞에는 이 세상에서 가장 볼만한 광경이 펼쳐진다고 아버지는 말했습니다. 황금빛 들판과 은빛 산맥이 어우러지고, 한복판에 '단조로운 호수'가 있는 K골짜기의 광경이 마치 누군가가 와서 올라타 주기를 기다리는 마법의 융단처럼 눈앞에 펼쳐진다고 말입니다. 그 광경을 보면 아무도 슬퍼할 수가 없다고, 그러나 눈먼 사람은 여느 때보다 훨씬 불쌍하게 느껴질 거라고 아버지는 말했습니다.

그래서 하룬이 하지만 씨에게 부탁한 것은 다음 두 가지였습니다. '단조로운 호수'까지 가는 동안 우편 버스의 앞좌석을 내줄 것. 그리고 해가 지기 전에 I터널을 반드시 통과해 줄 것. 그렇지 않으면 아무 의미도 없을 것이기 때문입니다.

"하지만 하지만 하지만 벌써 시간이 늦었어." 하지만 씨가 항변했습니다. 그러다가 하룬의 얼굴에 어둠이 내리는 것을 보고는 활짝 웃으면서 손뼉을 쳤습니다. "하지만 하지만 하지만, 그래서 어쨌다는 거냐? 아름다운 경치! 슬픔에 빠진 아빠를 격려하기 위해서! 해 지기 전에! 걱정 마! 문제없어."

매표소에서 비틀거리며 나온 라시드는 하룬이 우편 버스 승강장에서 기다리고 있는 것을 보았습니다. 하룬은 버스에서 제일 좋은 자리를 맡아 놓았고, 차는 벌써 시동을 걸고 있었습니다.

다른 승객들이 헐떡이며 달려왔습니다. 그들이 온몸에 뒤집어쓴 흙먼지는 땀에 젖어 진흙으로 변해 버렸습니다. 그들은 시샘과 경외심이 뒤섞인 눈으로 하룬을 바라보았습니다. 라시드도 감탄할 수밖에 없었습니다.

"하룬 칼리파. 내가 말했듯이 너한테는 눈에 보이는 것 이상의 무언가가 있어."

"야호!" 우체국 직원들이 모두 그렇듯, 쉽게 흥분하는 하지만 씨가 고함을 질렀습니다. 그러고는 가속페달을 바닥에 닿을 만큼 힘껏 밟았습니다.

우편 버스는 담벼락을 아슬아슬하게 스치면서 정류장 출입문을 로켓처럼 통과했습니다. 담벼락에는 이런 경고문이 적혀 있었습니다.

속도에서 짜릿함을 느끼고 싶거든
유언장을 미리 써 두시오!

우편 버스는 점점 더 빨리 달렸습니다. 승객들은 흥분과 두려움으로 고함을 지르며 아우성을 치기 시작했습니다. 하지만 씨는 전속력으로 마을들을 차례로 통과했습니다. 하룬은 마을마다 커다란 우편낭을 든 사람이 마을 광장의 버스 정류장에서 기다리고 있는 것을 보았습니다. 그 사람은 버스가 속도를 늦추지도 않고 쌩 하고 지나쳐 버리면 처음에는 어리둥절해하다가, 곧 화난 표정을 지었습니다.

하룬은 버스 뒤쪽에 철망으로 칸막이한 특별 구역이 있는 것도 볼 수 있었습니다. 그곳에는 마을 광장에서 기다리다가 화가 나서 종주먹을 휘두르는 사내들이 들고 있던 것과 똑같은 우편낭이 쌓여 있었습니다. 하지만 씨는 우편물을 배달하거나 수집해야 한다는 것을 잊어버린 게 분명했습니다.

마침내 하룬이 몸을 앞으로 기울이고 물었습니다.

"편지를 배달하거나 수집하려면 차를 세워야 하지 않나요?"

그와 동시에 이야기꾼 라시드도 소리를 질렀습니다.

"꼭 이렇게 빨리 달릴 필요가 있습니까?"

하지만 씨는 우편 버스를 더 빨리 몰면서 어깨 너머로 고함을 질렀습니다.

"차를 세워야 하지 않느냐고? 이렇게 빨리 달릴 필요가 있느냐고? 대답해 드리지요. 필요는 요리조리 빠져나가 좀처럼 잡기 어려운 뱀과 같아요. 여기 있는 아이가 그러더군요. 당신은 해 지기 전에 경치를 봐야 한다고. 정말 그럴지도 모르고 아닐지도 모릅니다. 여기 있는 아이에게 필요한 것은 어머니라고 말하는 사람도 있겠지만, 정말 그럴지도 모르고 아닐지도 모릅니다. 나 하지만에게 필요한 것은 빠른 속도라는 말도 들었지만, 하지만 하지만 하지만 내 가슴이 정말로 필요로 하는 것은 다른 종류의 짜릿함일 수도 있어요. 아아, 필요는 정말 이상한 녀석이에요. 그것 때문에 사람들은 진실성을 잃어버리니까요. 사람들은 모두 그것 때문에 괴로워하지만, 그것을 인정하려 들지는 않죠. 만세!" 하지만 씨가 앞을 가리키면서 덧붙였습니다. "눈이다! 앞쪽에 빙판! 길바닥은 울퉁불퉁! U자형 급커브! 눈사태 위험! 전속력으로 전진!"

그는 하룬과 한 약속을 지키기 위해 차를 세우지 않기로 결심했습니다.

"걱정 마라." 그가 신 나게 소리쳤습니다. "이 나라에는 같은 이름을 가진 곳이 너무 많아서, 어차피 모든 사람이 남에게 가야 할 우편물을 잘못 받고 있으니까."

버스는 M산맥 속으로 들어가 비탈을 굽이굽이 올라갔습니다. 급커브를 돌 때마다 타이어가 끼익 하고 요란하게 비명을 질렀습니다. 지붕에 밧줄로 묶어 놓은 짐들이 불안하게 이리저리 흔들리기 시작했습니다. 승객들(흙먼지를 뒤집어쓴 승객들은 이제 땀에 젖어 진흙을 바른 것처럼 되어 버렸기 때문에 너나없이 모두 비슷해 보였습니다)이 불평하기 시작했습니다.

"내 보따리!" 한 여자가 고함을 질렀습니다. "미친 들소 같으니! 미친놈아! 당장 속도를 줄여! 안 그러면 내 보따리가 저승으로 내던져질 거야!"

"지금 보따리가 문제요? 우리가 내던져질 판인데. 그러니 제발 보따리를 가지고 시끄럽게 떠들지 마쇼." 한 남자가 날카롭게 대꾸했습니다.

그러자 두 번째 사내가 성난 목소리로 그 말을 가로막았습니다.

"말조심해! 당신은 지금 내 마누라를 모욕하고 있어!"

그러자 두 번째 여자가 끼어들었습니다.

"그래서 어쨌다는 거야? 저 여자는 내 남편 귀에다 대고 오랫동안 고래고래 고함을 질렀어. 그런데 왜 내 남편이 불평하면 안

된다는 거지? 저 지저분한 말라깽이 좀 봐. 저게 여자야? 막대기지!"

"우와. 이번 커브는 정말 위험하군!" 하지만 씨가 큰 소리로 외쳤습니다. "여기서 보름 전에 큰 사고가 일어났지요. 버스가 협곡으로 추락해서 최소한 예순 명이 떼죽음을 당했답니다! 가엾게도! 정말 슬픈 일이에요. 원하신다면 기념사진을 찍을 수 있도록 차를 세워도 좋습니다."

"예, 세워요. 세워."

승객들이 애원했지만(속도를 늦출 수 있다면 무엇이든 마다하지 않았을 것입니다), 하지만 씨는 오히려 더 빨리 달렸습니다.

"너무 늦었어요." 그는 요들송을 부르듯 쾌활하게 말했습니다. "벌써 오래전에 그곳을 지나쳤어요. 차를 세우고 싶으면 즉석에서 좀 더 신속하게 요구해야 합니다. 안 그러면 내가 요구에 응할 수 없으니까요."

'또 내 탓이야.' 하룬은 속으로 생각했습니다. '지금 우리가 추락하면, 그래서 골짜기로 떨어져 산산조각이 나거나 불타는 차 안에서 감자튀김처럼 튀겨진다면, 이번에도 그건 다 내 책임이 될 거야.'

지금 그들은 M산맥의 높은 곳에 올라와 있었습니다. 하룬이 보기에 우편 버스는 위로 올라갈수록 더욱 속도를 높이고 있는 게 분명했습니다. 그들은 너무 높이 올라와 있어서 협곡에 낀 구름이 눈 아래쪽에 보였습니다. 산허리는 두껍게 쌓인 눈으로 덮여 있었고, 승객들은 추워서 덜덜 떨고 있었습니다. 차 안에서 들리는 소리라고는 이가 딱딱 마주치는 소리뿐이었습니다. 모두 두려움과 추위에 얼어붙어 입을 다물었습니다. 하지만 씨는 전속력으로 차를 모는 데 열중한 나머지 "야호!" 하고 고함을 지르는 것도 그만두었고, 특별히 소름 끼치는 사고 현장을 가리키는 것도 그만두었습니다.

하룬은 침묵의 바다에 떠 있는 듯한 느낌, 침묵의 물결이 그들을 산꼭대기로 조금씩 밀어 올리고 있는 듯한 느낌이 들었습니다. 입이 바싹 마르고, 혀는 뻣뻣하게 굳어 버린 것 같았습니다. 라시드도 소리를 내지 못했습니다. '까악' 소리조차 내지 못했습니다. 하룬은 지금 당장이라도 사고가 일어날지 모른다고 생각했습니다. 다른 승객들도 모두 속으로 비슷한 생각을 하고 있다는 것을 하룬은 알았습니다. '그러면 나는 이 세상에서 깨끗이 지워지겠지. 지우개를 한번 쓰윽 움직이면 칠판에 쓴 글자들이 지워지듯, 나도 영원히 사라져 버릴 거야.'

그때 하룬은 구름을 보았습니다.

우편 버스는 좁은 골짜기 옆면을 따라 번개처럼 달리고 있었습니다. 오르막길이 오른쪽으로 급커브를 이루고 있어서, 길 가장자리를 넘어 골짜기 아래로 곤두박질할 것처럼 보였습니다.

길가 표지판은 이제 간단한 문장으로 위험을 경고하고 있었습니다. '과속은 죽음'이라는 경고문도 있었고, '죽도록 천천히 가지 않으면 빨리 죽는다'는 경고문도 있었습니다. 바로 그때, 도저히 믿기 어려울 만큼 다채로운 색깔로 변화하는 구름, 꿈이나 악몽 속에서 나온 듯한 짙은 구름이 아래쪽 골짜기에서 쑥 올라와 도로에 털썩 떨어졌습니다. 그들은 모퉁이를 막 돌았을 때 그 구름과 마주쳤습니다. 갑자기 닥쳐온 어둠 속에서 하룬은 하지만 씨가 있는 힘껏 브레이크를 밟는 소리를 들었습니다.

소리가 돌아왔습니다. 비명 소리, 타이어가 미끄러지는 소리. '드디어 때가 왔구나!' 하고 하룬은 생각했습니다. 다음 순간 그들은 구름에서 벗어나 있었습니다. 완만하게 굽이진 매끄러운 벽이 그들을 둘러싸고, 위쪽 천장에는 노란 불이 즐비하게 박혀 있었습니다.

"터널이야." 하지만 씨가 말했습니다. "이 터널 너머에 K골짜기가 있지. 마침 해 질 녘이야. 터널을 지나는 데 걸리는 시간은 몇 분밖에 안 돼. 아름다운 경치가 다가오고 있어. 아까도 말했듯이 아무 문제도 없단다."

그들은 I터널을 빠져나왔습니다. 하지만 씨는 황금빛 들판(실제로는 사프란 꽃 같은 노란색이 되어 있었습니다)과 은빛 산맥(실제로는 반짝이는 흰눈에 덮여 있었습니다)과 '단조로운 호수'(조금도 단조로워 보이지 않았습니다)가 어우러진 K골짜기 저편으로 해가 지는 광경을 승객들이 다 함께 즐길 수 있도록 버스를 세웠습니다.

라시드 칼리파는 하룬을 끌어안고 말했습니다.

"이 아름다운 경치를 볼 수 있도록 주선해 줘서 고맙구나. 하지만 솔직히 말하면, 한동안은 우리 모두 끝장나는 줄 알았어. 죽는 줄 알았다고. '카탐슈드.'"

"카탐슈드." 하룬은 눈살을 찌푸렸습니다. "아버지는 전에도 그 이야기를 해 주셨는데, 그게 뭐였죠?"

"카탐슈드." 라시드는 오래전에 꾼 꿈을 떠올리는 것처럼 천천히 말했습니다. "그건 모든 이야기의 최대 적이란다. 심지어는 말 자체의 적이라고도 할 수 있지. 카탐슈드는 '침묵의 왕자'이고 '말의 적'이야. 모든 것은 끝나니까, 꿈도 끝나고 이야기도 끝나고 생명도 끝나니까, 모든 것이 끝날 때 우리는 그의 이름을 말하지. '다 끝났어. 카탐슈드. 끝장이야!'라고 서로에게 말하는 거란다."

"여기 온 게 아버지한테 벌써 효과가 있군요. 이젠 '까악' 소리를 안 내시잖아요. 아버지의 근사한 이야기가 돌아오기 시작했어요."

하지만 씨는 골짜기로 내려갈 때는 천천히, 아주 조심스럽게 차를 몰았습니다.

"하지만 하지만 하지만 이젠 약속대로 부탁을 들어주었으니까 빨리 달릴 필요가 없지요."

그는 벌벌 떨고 있는 남자와 여자 들에게 사정을 설명했습니다. 그러자 승객들은 모두 하룬과 라시드를 성난 눈으로 노려보았습니다.

해가 졌을 때 그들은 표지판 하나를 지나쳤습니다. 그 표지판에는 원래 'K에 오신 것을 환영합니다'라고 적혀 있었지만, 누군가가 조잡한 글씨를 덧붙여서 지금은 '코슈마르에 오신 것을 환영합니다'로 바뀌어 있었습니다.

"코슈마르가 뭐예요?" 하룬이 물었습니다.

"어떤 못된 놈이 한 짓이란다." 하지만 씨가 어깨를 으쓱했습니다. "너도 알게 되겠지만, 골짜기에 사는 사람들이 다 행복한 건 아니야."

"그건 프란지어 낱말이야. 프란지어는 이 고장에서 더 이상 쓰이지 않는 옛날 말이지." 라시드가 설명했습니다. "이 골짜기가 지금은 그냥 K라고만 불리지만, 먼 옛날에는 다른 이름을 갖고 있었단다. 내 기억이 맞다면 하나는 '카체메르'였고, 또 하나는 저 표지판에 적혀 있는 '코슈마르'였어."

"그 이름들은 뭔가 뜻을 갖고 있나요?"

"이름은 모두 뜻을 갖고 있지. 뭐더라? 아아, 그래. 생각났다. '카체메르'는 '바다를 감추고 있는 곳'으로 번역할 수 있지만, '코슈마르'는 좀 더 거친 이름이야."

"뭔데요? 가르쳐 주세요." 하룬이 재촉했습니다. "감질나게 거기서 그만두시면 안 돼요."

"옛날 말에서는 '악몽'이라는 뜻이었어."

우편 버스가 K골짜기의 버스 정류장에 도착했을 때는 날이 어두워져 있었습니다. 하룬은 하지만 씨에게 고맙다고 말하고 작별 인사를 했습니다.

"하지만 하지만 하지만 나는 여기 남아서 기다리다가 너를 집까지 데려다 주마." 하지만 씨가 말했습니다. "제일 좋은 자리를 남겨 둘게. 문제없어. 떠날 준비가 되면 언제든지 와. 나는 항상 준비를 갖추고 기다릴 테니까. 네가 오면 우리는 떠날 거야! 부릉부릉! 문제없어."

하룬은 '고함 지르는 사내들'이 여기서 아버지를 기다리고 있지나 않을까 걱정했지만, K는 멀리 떨어진 외딴곳이어서 이야기꾼 라시드가 G시 공연에서 실패했다는 소식은 하지만 씨의 우편 버스만큼 빨리 이곳에 도착하지 않았습니다. 그래서 그들은 몸소 마중 나온 거물의 환영을 받았습니다. K골짜기를 지배하는 정당의 당수이고 다가오는 선거에 출마한 그 거물을 위해서 라시드는 집회에 참석하기로 동의했던 것입니다. 그 거물은 반들반들하고 매끄러운 얼굴에 깨끗이 빨아서 풀을 먹인 하얀 셔츠와 말쑥한 바지를 입고 있어서, 코밑에 아무렇게나 삐죽삐죽 자란 콧수염이 꼭 남에게 빌려 온 것처럼 보였습니다. 그렇게 단정하고 의젓한 신사에게는 전혀 어울리지 않는 꼴사나운 콧수염이었습니다.

멋쟁이 신사는 영화배우 같은 미소를 지으면서 라시드에게 인사를 했습니다. 그 미소가 너무 가식적이어서 하룬은 기분이 나빠졌습니다.

"라시드 선생, 이렇게 와 주시다니, 우리한테는 크나큰 영광입니다. 전설적인 인물이 오셨으니까요."

라시드가 G시에서처럼 K골짜기에서도 실패하면 저 신사의 태도가 단번에 싹 바뀔 거라고 하룬은 생각했습니다. 하지만 아버지는 그 아첨에 만족한 듯했고, 지금으로서는 아버지의 기운을 북돋워 줄 수만 있다면 무엇이든 참고 견딜 가치가 있었습니다. 멋쟁이 신사는 고개를 약간 숙이고 뒤꿈치를 맞부딪쳐 찰까닥 소리를 내면서 말했습니다.

"나는 하지마안이라고 합니다."

"우편 버스 운전사와 거의 똑같아!" 하룬이 저도 모르게 소리쳤습니다.

그러자 콧수염 신사는 놀라서 두 손을 번쩍 들었습니다.

"나는 어떤 운전사와도 똑같지 않아." 그가 새된 소리로 외쳤습니다. "기가 막혀서! 너는 내가 누군지 알고서 그따위 소리를 하는 거냐? 내가 버스 운전사처럼 보여?"

"죄송합니다." 하룬이 사과를 했습니다.

그러나 하지마안은 코를 쳐들고 거만한 자세로 걷기 시작했습니다. 그러더니 고개를 돌려 명령조로 말했습니다.

"라시드 선생, 호숫가로 갑시다. 선생의 가방은 짐꾼들이 가져올 겁니다."

'단조로운 호수'까지 걸어가는 5분 동안, 하룬은 뚜렷한 불안을 느끼기 시작했습니다. 하지마안과 그 일행(이제는 라시드와 하룬도 그 일행에 끼어 있었습니다)은 완전 무장한 군인들에게 에워싸여 있었습니다. 군인의 수는 정확히 101명이었습니다. 게다가 길거리에서 만난 평범한 사람들은 극도로 적대적인 표정을 띠고 있었습니다. '이 도시에는 악감정이 있어.' 하룬은 속으로 생각했습니다. 슬픈 도시에 사는 사람은 불행과 마주치면 금세 그것을 알아볼 수 있습니다. 자동차와 트럭의 배기가스가 사라지고 모든 것이 달빛을 받아 더욱 또렷이 보이는 밤에는 밤바람에 실려 오는 불행의 냄새를 맡을 수도 있습니다. 라시드는 골짜기를 세상에서 가장 즐거운 곳으로 기억했기 때문에 이곳에 왔지만, 이곳에도 이미 불행과 재난이 찾아온 것은 분명했습니다.

'하지마안 씨가 이렇게 많은 경호원의 보호를 받아야 한다면 어떻게 인기 있는 사람이라고 할 수 있을까?' 하룬은 의아하게 생각했습니다. 하룬은 초라한 콧수염을 기른 신사의 선거 운동을 돕는 것은 잘못일지도 모른다고 아버지에게 속삭이려고 했지만, 말소리가 들릴 만큼 가까운 곳에는 언제나 병사들이 있었습니다. 이윽고 그들은 호수에 도착했습니다.

호수에서는 고니 모양의 배가 그들을 기다리고 있었습니다.

"고명하신 라시드 선생께는 뭐든지 최고의 대우를 해 드려야죠." 속물 하지마안이 낮은 소리로 말했습니다. "오늘 밤은 호수에서 제일 호화로운 배에 묵도록 하세요. 선생처럼 지위가 높은 분에게도 결코 초라한 숙소는 아닐 겁니다."

그는 정중하게 말했지만 사실은 무례하게 굴고 있다는 것을 하룬은 알아차렸습니다. 아버지는 왜 참고 있을까? 하룬은 불쾌감을 느끼면서 고니 배에 올라탔습니다. 군복 차림의 사람들이 노를 젓기 시작했습니다.

하룬은 '단조로운 호수'의 물속을 들여다보았습니다. 호수는 가로세로로 복잡하게 엇갈리는 야릇한 흐름으로 가득 차 있는 듯했습니다. 이윽고 고니 배는 수면에 떠 있는 양탄자처럼 보이는 것을 지나쳤습니다.

"수상 정원이란다." 라시드가 하룬에게 말했습니다. "연뿌리를 엮어서 카펫을 만들면, 여기 호수에서도 식물을 키울 수 있지."

아버지의 목소리가 다시 우울한 울림을 띠기 시작했기 때문에 하룬은 중얼거렸습니다.

"슬퍼하지 마세요."

"슬프다고? 불행하다고?" 속물 하지마안이 고함을 질렀습니다. "설마 고명하신 라시드 선생께서 우리 대접에 불만을 품으신 건 아니겠죠?"

이야기꾼 라시드도 자신에 대한 이야기는 절대 지어내지 못했기 때문에 정직하게 대답했습니다.

"그렇지 않습니다. 실은 아내가 바람이 나서 집을 나갔어요."

'왜 저 사람한테 그런 얘기를 하는 거예요?' 하룬은 속으로 화를 냈지만, 속물 하지마안은 뜻밖의 사실을 알고 기뻐했습니다.

"걱정하실 것 없습니다. 비할 데 없이 훌륭한 라시드 선생." 하지마안이 큰 소리로 말했습니다. "부인은 떠났을지 몰라도, 물고기는 바다에 얼마든지 있으니까요."

물고기? 하룬은 불끈 화가 치밀었습니다. 방금 물고기라고 했나? 그럼 어머니가 병어란 말인가? 이젠 어머니가 '우울한 물고기'나 상어에 비유되어야 하나? 정말로 아버지는 저 하지마안의 건방진 코를 주먹으로 납작하게 만들어 주어야 해!

하지만 이야기꾼은 '단조로운 호수'의 물속에 무심히 한 손을 늘어뜨리고 있었습니다.

"그래요. 하지만 나비고기를 찾으려면 머나먼 길을 가야 하지요."

이 말에 응답하듯 날씨가 갑자기 바뀌었습니다. 뜨거운 바람이 불기 시작했고, 안개가 물을 건너 그들에게 달려왔습니다. 다음 순간 그들은 아무것도 볼 수가 없었습니다.

'나비고기는커녕, 지금 이 순간은 내 코끝도 못 찾겠군.' 하룬은 생각했습니다.

3

단조로운 호수

하룬은 밤공기에서 벌써 불행의 냄새를 맡았습니다. 이 갑작스러운 안개는 슬픔과 우울의 냄새를 물씬 풍겼습니다.

'그냥 집에 있을걸. 침울한 얼굴은 그곳에도 얼마든지 있는데.' 하룬은 속으로 후회했습니다.

"푸우. 이게 누가 풍긴 냄새지? 솔직히 자백해." 아버지의 목소리가 짙은 황록색 안개를 뚫고 들려왔습니다.

"안개 냄새예요. 불행의 안개." 하룬이 설명했습니다.

하지만 속물 하지마안의 목소리가 당장 외쳤습니다.

"라시드 선생, 그 아이는 자기가 악취를 풍기고는 꾸며 낸 이야기로 그걸 숨기고 싶어 하는 모양입니다. 아무래도 그 아이는 이 어리석은 골짜기 사람들과 비슷한 것 같아요. 이곳 사람들도 거짓말로 꾸미기를 좋아하지요. 나는 그걸 참고 견뎌야 한답니다! 내 적들은 싸구려 이야기꾼을 고용해서 나에 대한 험담을 퍼뜨리고, 무지렁이들은 그걸 우유처럼 핥아먹지요. 그래서 말솜씨가 좋은 라시드 선생께 도움을 청한 것입니다. 선생께서 즐거운 이야기, 나를 칭찬하는 이야기를 해 주면 사람들은 선생 말을 믿을 것이고, 기분이 좋아져서 나한테 표를 던질 테니까요."

하지마안이 말을 끝내기가 무섭게 호수 건너편에서 뜨거운 바람이 불어왔습니다. 안개는 사라졌지만, 이제는 뜨거운 바람이 사람들의 얼굴을 태우고 호수에는 거친 파도가 일었습니다.

"조금도 단조롭지 않아요, 이 호수는." 하룬이 외쳤습니다. "실은 변덕스럽기 짝이 없어요!"

이 말이 입술을 떠난 순간 하룬은 문득 깨달았습니다. 그래서 소리쳤습니다.

"이제 알았어요! 이곳은 '변덕스러운 나라'가 분명해요!"

'변덕스러운 나라' 이야기는 라시드 칼리파의 이야기 중에 가장 사랑받는 이야기로 꼽히고 있었습니다. 그것은 주민들의 기분에 따라 끊임없이 변하는 마법의 나라에 대한 이야기였습니다. '변덕스러운 나라'에서는 즐거워하는 사람이 많으면 밤새 태양이 빛납니다. 한없이 쏟아지는 햇빛이 신경에 거슬려 사람들이 짜증을 내면, 불평과 불만으로 가득 찬 밤이 옵니다. 불평불만으로 가득 찬 공기는 숨도 쉴 수 없을 만큼 답답하게 느껴집니다. 사람들이 화를 내면 땅이 흔들리고, 사람들이 확신을 갖지 못하고 갈팡질팡하면 '변덕스러운 나라'도 혼란에 빠집니다. 건물과 가로등과 자동차의 윤곽은 물감이 번진 그림처럼 흐려지고, 그럴 때면 하나의 사물이 어디서 시작되어 어디서 끝나는지, 사물의 경계를 분간하기가 어려워질 수도 있습니다…….

"제 말이 맞나요? 여기가 그 이야기에 나오는 바로 그곳인가요?" 하룬이 아버지에게 물었습니다.

그것은 이해할 수 있었습니다. 라시드가 슬픔에 잠겨 있었기 때문에 '불행의 안개'가 고니 배를 뒤덮었고, 속물 하지마안은 뜨거운 공기 같은 허풍으로 가득 차 있으니까 그가 이 뜨거운 바람을 불러냈다 해도 놀랄 일은 아니었습니다.

"'변덕스러운 나라'는 이야기일 뿐이야. 하지만 여기는 세상에 실제로 존재하는 곳이란다." 라시드가 대답했습니다.

'이야기일 뿐'이라는 아버지의 말을 듣고, 하룬은 '허풍 대왕'이 정말로 우울한 상태에 빠진 것을 알았습니다. 깊은 절망만이 아버지의 입에서 그런 무서운 말을 끌어낼 수 있기 때문입니다.

한편 라시드는 속물 하지마안과 언쟁을 벌이고 있었습니다.

"설마 나더러 설탕에 향신료를 친 것처럼 달콤하고 짜릿한 이야기만 하라는 건 아니겠지요? 좋은 이야기가 모두 그런 유형인 것은 아닙니다. 사람들은 아름다운 이야기라면 눈물이 줄줄 나는 슬픈 이야기도 즐길 수 있어요."

"허튼소리! 당치도 않아요!" 속물 하지마안이 버럭 화를 냈습니다. 그러고는 새된 소리로 외쳤습니다. "계약 조건은 분명합니다! 당신은 나를 위해 즐겁고 신 나는 이야기만 제공하면 됩니다! 우울하고 지루한 이야기는 안 돼요. 돈을 받고 싶으면 명랑한 이야기만 해야 합니다!"

당장 뜨거운 바람이 두 배나 세차게 불기 시작했습니다. 라시드가 입을 다물고 참담한 기분에 빠지자, 화장실 냄새를 풍기는 황록빛 안개가 호수를 건너 그들 쪽으로 밀려왔습니다. 호수는 더욱 성이 나서 날뛰었습니다. 높은 물결이 일어나 뱃전 너머로 물이 들이치고, 배가 위험할 만큼 흔들렸습니다. 호수는 하지마안의 분노에 반응하고 있는 것처럼(그리고 하지마안의 태도에 점점 화가 치민 하룬의 기분에 호응하고 있는 것처럼) 보였습니다.

안개가 또다시 고니 배를 감쌌습니다. 하룬은 또 아무것도 볼 수가 없었습니다. 들리는 소리라고는 공포의 외침뿐이었습니다. 노를 젓는 군인들은 "아아! 배가 가라앉는다!" 하고 소리쳤습니다. 속물 하지마안은 나쁜 날씨가 개인적인 모욕이라도 되는 것처럼 격분해서 새된 소리로 고함을 질렀습니다. 다른 사람들도 비명과 고함을 질렀습니다. 호수가 거칠어질수록 바람은 더욱 뜨거워지고 거세졌습니다. 우르릉거리는 우레 소리와 함께 번득이는 번개가 안개를 환히 비추어, 으스스한 네온사인 같은 효과를 냈습니다.

하룬은 '변덕스러운 나라'에 대한 자신의 이론을 실천에 옮길 수밖에 없다고 판단했습니다.

"좋아요." 그가 안개를 향해 소리쳤습니다. "다들 잘 들으세요. 이건 아주 중요해요. 모두 입을 다무세요. 한 마디도 해서는 안 됩니다. 입술에 지퍼를 채우세요. 완전한 침묵이 가장 중요합니다. 셋을 셀 때까지 입을 다무세요. 하나, 둘, 셋."

새로운 권위가 하룬의 목소리에 실렸습니다. 하룬 자신도 다른 사람들만큼 놀랐습니다. 노를 젓는 군인들과 하지마안까지도 군소리 없이 하룬의 말에 따랐습니다. 그러자 당장 뜨거운 바람이 가라앉고 천둥 번개도 뚝 그쳤습니다. 이어서 하룬은 하지마안에 대한 분노를 억누르려고 의식적으로 애썼습니다. 하룬의 분노가 가라앉자 물결도 잔잔해졌습니다. 하지만 냄새 나는 안개는 걷히지 않았습니다.

"아버지, 저를 위해 한 가지만 해 주세요." 하룬이 소리쳤습니다. "한 가지만 해 주시면 돼요. 아버지가 기억할 수 있는 가장 행복한 순간을 생각하세요. 우리가 I터널을 빠져나왔을 때 본 K골짜기의 경치를 생각하세요. 아버지가 결혼한 날을 생각하세요. 제발요."

잠시 후, 그 악취 나는 안개는 낡은 셔츠처럼 갈기갈기 찢어져서 시원한 밤바람을 타고 멀리 떠내려갔습니다. 달은 다시 잔잔한 호수를 밝게 비추었습니다.

"보셨죠?" 하룬이 아버지에게 말했습니다. "결국 그건 '이야기일 뿐'인 게 아니었어요."

라시드는 기뻐서 큰 소리로 웃었습니다. 그러고는 단호하게 고개를 끄덕이며 말했습니다.

"하룬 칼리파, 넌 정말 대단한 녀석이야. 모자를 벗고 너한테 경의를 표하마."

"어수룩한 라시드 선생." 속물 하지마안이 외쳤습니다. "설마 저 녀석의 속임수를 믿는 건 아니겠죠? 변덕스러운 날씨가 왔다가 갔습니다. 그것뿐이라고요."

하룬은 하지마안에 대한 감정을 드러내지 않았습니다. 하룬은 알고 있었습니다. 현실 세계는 마력으로 가득 차 있으니까, 마법의 세계도 현실에 실제로 존재할 수 있다는 것을.

숙박 설비가 딸린 배의 이름은 '아라비안나이트 플러스 원'이었습니다. (하지마안의 자랑에 따르면) "'아라비안나이트'의 어디에서도 이런 밤은 절대 경험할 수 없을 것이기 때문에" 그런 이름을 붙였다고 합니다. 창문은 모두 전설에 나오는 새나 물고기나 짐승의 형상을 하고 있었습니다. 선원 신드바드가 본 거대한 새 로크, 사람들을 삼킨 고래, 불을 내뿜는 용 등등. 창문으로 불빛이 새어 나오고 있어서 그 환상적인 괴물들은 멀리서도 볼 수 있었고, 어둠 속에서 뜨겁게 달아올라 열과 빛을 내고 있는 듯이 보였습니다.

하룬은 아버지와 하지마안을 따라 사다리를 올라갔습니다. 사다리를 다 올라간 곳에는 나무를 복잡하고 정교하게 깎아 만든 베란다가 있고, 베란다를 지나 거실로 들어가자 수정 샹들리에가 빛나고 있었습니다. 옥좌 같은 의자에는 현란한 비단 쿠션들이 놓여 있고, 꼭대기가 평평한 나무처럼 보이도록 조각한 호두나무 탁자에는 작은 새들과 날개 달린 아이처럼 보이는 요정들도 새겨져 있었습니다. 벽에 매단 선반에는 가죽으로 장정한 책들이 가득 꽂혀 있었지만, 알고 보니 그 책들은 대부분 가짜였고, 실제로는 술을 넣어 둔 찬장과 청소 도구를 넣어 둔 벽장을 가리는 구실을 하고 있었습니다. 하지만 선반 하나에는 진짜 책이 한 질 꽂혀 있었는데, 그 책들은 하룬이 읽을 수 없는 언어로 쓰여 있고, 삽화도 지금까지 한 번도 본 적이 없을 만큼 야릇한 것이었습니다.

"박식한 라시드 선생." 하지마안이 말했습니다. "선생은 직업상 이런 책에 관심이 많으시겠지요? '이야기 바다'라는 제목의 설화집이 여기 한 질 갖추어져 있으니까, 아무쪼록 즐거움과 교훈을 얻으시기 바랍니다. 이야깃거리가 바닥나도, 소재는 이 책에 얼마든지 있어요."

"바닥난다고요? 도대체 무슨 소리를 하고 있는 겁니까?" 라시드는 문득 G시에서 일어난 끔찍한 사건을 하지마안이 다 알고 있는 게 아닐까 하는 두려움에 사로잡혀 거친 말투로 물었습니다.

그러나 하지마안은 라시드의 어깨를 두드리며 말했습니다.

"과민한 라시드 선생, 농담을 했을 뿐이에요. 지나가는 가벼운 농담, 산들바람에도 날아가 버리는 뜬구름처럼 덧없는 농담일 뿐이라고요. 물론 우리는 선생을 전적으로 믿고 선생의 공연을 기대하고 있습니다."

하지만 라시드는 다시 울적해졌습니다. 하루를 마칠 시간이 되었습니다.

군복 차림의 선원들이 라시드와 하룬을 침실로 안내했습니다. 침실은 라운지보다 훨씬 호화로웠습니다. 라시드의 방 한가운데에는 나무를 깎아서 화려하게 색칠한 거대한 공작새가 서 있었습니다. 선원들이 팔을 재빨리 휘둘러 공작새의 등을 떼어 내자 넓고 안락한 침대가 나타났습니다. 하룬의 침실은 옆방이었습니다. 그 방에도 공작새만큼 커다란 거북 한 마리가 놓여 있었고, 그 거북도 선원들이 등딱지를 떼어 내자 침대가 되었습니다. 하룬은 등딱지를 떼어 낸 거북 위에서 잔다고 생각하자 기분이 좀 이상했지만, 예의를 차려야 한다는 생각이 나서 말했습니다.

"고맙습니다. 방이 정말 좋군요."

"정말 좋다고?" 속물 하지마안이 문간에서 외쳤습니다. "그런 말은 어울리지 않아. 이 배는 '아라비안나이트 플러스 원'이야! '정말 좋다'는 말은 이 배를 표현하기에는 턱없이 부족해. 적어도 '기막히게 멋지다'거나 '믿을 수 없을 만큼 훌륭하다'거나 '더없이 환상적이다' 정도는 인정해야지."

라시드는 '우리한테 기회가 있었을 때 저 녀석을 호수에 던져버렸어야 하는 건데.' 하는 표정으로 하룬을 바라보고는 하지마안의 새된 목소리를 가로막았습니다.

"하룬이 말했듯이 정말 좋군요. 이젠 우리도 자야겠습니다. 안녕히 주무세요."

이 말에 하지마안은 불끈 화를 냈습니다.

"안목이 없는 자들에게는 아무리 좋은 것도 쓰레기일 뿐이야. 감식안이 없는 라시드 선생, 내일은 선생 차례요. 청중들이 선생 이야기를 얼마나 '좋다'고 생각할지 두고 봅시다."

그러고는 고니 배로 돌아갔습니다.

그날 밤 하룬은 좀처럼 잠을 이루지 못했습니다. 그는 좋아하는 긴 잠옷(자줏빛 헝겊을 덧댄 빨간색 셔츠)을 입고 거북 위에 누워서 몸을 뒤척였습니다. 그러다가 겨우 잠이 들려는데 아버

지가 주무시는 옆방에서 난 소리에 잠이 달아나 버렸습니다. 삐
걱거리는 소리, 덜거덕거리는 소리, 끙끙거리는 소리, 중얼거리
는 소리, 마지막에는 낮게 외치는 소리까지 들렸습니다.

"소용없어. 절대로 해내지 못할 거야. 난 끝났어. 영원히 끝장
났다고!"

하룬은 아버지 방으로 통하는 사잇문으로 살금살금 다가가
서 조심스럽게 문을 조금만 열고, 좁은 문틈으로 아버지 방을
엿보았습니다. '허풍 대왕'은 자줏빛 헝겊 따위는 전혀 대지 않
은 민무늬 푸른색 잠옷을 입고, 비참한 얼굴로 공작새 침대 주
위를 맴돌면서 중얼중얼 혼잣말을 하고 있었습니다. 그가 걸음
을 내디딜 때마다 바닥 널이 삐걱거리고 덜거덕거렸습니다.

"칭찬하는 이야기만 하라고? 이거야 정말. 나는 그들이 마음
대로 시킬 수 있는 노예가 아니라 '공상의 바다'야! 하지만 무슨
이야기를 하지? 무대에 올라가도 내 입 안에는 '까악' 소리밖에
없을 거야. 그러면 그들은 나를 난도질하겠지. 나는 완전히 끝장
나고 말 거야. 끝장. 카탐슈드! 더 이상 나 자신을 속이지 말고
모든 것을 포기하는 게 훨씬 나아. 예약된 공연을 모조리 취소
하고 은퇴하는 게 좋아. 아내가 떠난 뒤 마력이 사라져 버렸으니
까. 영원히 떠나 버렸으니까."

그러다가 라시드는 사잇문을 홱 돌아보면서 큰 소리로 외쳤습
니다.

"거기 누구야?"

그래서 하룬은 이렇게 말할 수밖에 없었습니다.

"저예요, 아버지. 도무지 잠을 잘 수가 없어요. 아무래도 거북 때문인가 봐요. 기분이 너무 이상해요."

라시드는 엄숙하게 고개를 끄덕였습니다.

"우스운 일이지만, 나도 이 공작새 때문에 애를 먹고 있단다. 나한테는 차라리 거북이 나을 것 같은데……. 너는 이 공작새 침대에서 자는 게 어떻겠니?"

"그게 훨씬 낫겠어요. 새라면 괜찮을 것 같아요."

그래서 하룬과 라시드는 침실을 맞바꾸었습니다. 그날 밤 '아라비안나이트 플러스 원'을 찾아온 '물의 정령'이 '공작실'로 살며시 들어갔을 때 자기만 한 몸집의 소년과 마주친 것은 그 때문이었습니다. 소년은 잠을 자지 않고 말똥말똥한 눈으로 정령의 얼굴을 빤히 바라보고 있었습니다.

정확히 말하면 하룬은 막 선잠이 들었을 때 삐걱거리는 소리와 덜거덕거리는 소리, 끙끙거리는 소리와 중얼거리는 소리에 잠이 깼습니다. 그래서 하룬의 머리에 맨 먼저 떠오른 생각은 아버지가 공작새 침대와 마찬가지로 거북 침대에서도 쉽게 잠들지 못하는구나 하는 것이었습니다. 그런데 다음 순간 하룬은 그 소리가 '거북실'이 아니라 '공작실' 욕실에서 나고 있음을 알아차렸습니다. 욕실 문은 열려 있고 불도 켜져 있었습니다. 그쪽을 본 하룬은 열린 문간에 말할 수 없이 놀라운 형체가 검은 윤곽으로 떠올라 있는 것을 보았습니다.

머리는 커다란 양파였고, 다리는 커다란 가지였습니다. 한 손에는 연장통을 들었고, 다른 손에는 멍키스패너처럼 보이는 것을 들고 있었습니다. 도둑이다!

하룬은 욕실 쪽으로 살금살금 다가갔습니다. 욕실 안의 형체는 투덜거리는 말투로 쉬지 않고 중얼대고 있었습니다.

"설치하고, 철거하고. 그 친구가 여기 오니까, 나도 여기 와서 설치해야 돼. 내 작업량은 생각지도 않고 다급하게 불러 대니 허둥지둥 달려와야지. 그래 놓고는 느닷없이 계약을 취소하면, 누가 돌아와서 장비를 철거해야 하지? 지금 당장, 빨리빨리. 누가 들으면 불이라도 난 줄 알 거야. 빌어먹을, 내가 그걸 어디에 달았지? 누가 멋대로 만지작거렸지? 더 이상 아무도 믿을 수가 없다니까. 좋아, 좋아, 좋다고. 차근차근 꼼꼼하게. 더운물이 나오는 꼭지, 찬물이 나오는 꼭지, 그 중간에서 위로 한 뼘쯤 올라간 곳, 거기에 '이야기 꼭지'가 있을 거야. 그런데 그게 어디로 가 버렸지? 누가 훔쳐 갔나? 아니, 이게 뭐야? 오호라, 너 여기 있었구나! 내 눈에 안 띄게 숨을 수 있을 줄 알았겠지만, 이제 나한테 잡혔어. 좋아. 이제 연결을 끊을 시간이야."

이 희한한 혼잣말을 들으면서 하룬 칼리파는 눈의 절반이 문

설주를 돌아 욕실 안을 들여다볼 수 있을 때까지 천천히, 아주 천천히 머리를 움직였습니다. 욕실 안에는 몸집이 작고 늙어 보이는 남자가 하나 있었습니다. 키는 기껏해야 하룬만 하고, 머리에는 거대한 자줏빛 터번을 두르고(그것이 '양파'였습니다), 헐렁한 비단 바지는 발목 주위에 뭉쳐 쭈글쭈글 주름이 잡혀 있었습니다(그것이 '가지'였습니다). 이 작달막한 남자는 인상적인 구레나룻을 기르고 있었는데, 색깔이 희한하게도 아주 은은한 하늘색이었습니다.

하룬은 푸른 수염을 한 번도 본 적이 없었기 때문에, 호기심이 생겨서 몸을 조금 앞으로 기울였습니다. 그러자 발밑의 바닥 널이 요란하게 삐걱거렸습니다. 하룬은 깜짝 놀랐고, 푸른 수염도 뒤를 홱 돌아보고는 세 바퀴 빙글빙글 돌아서 사라져 버렸습니다. 하지만 서두르느라 그만 멍키스패너를 떨어뜨리고 말았습니다. 하룬은 욕실로 뛰어 들어가 그 연장을 얼른 움켜잡았습니다.

천천히, 무척 불만스러운 것처럼(물론 하룬은 지금까지 누군가가 허공에서 나타나는 것을 한 번도 본 적이 없었기 때문에 어떻게 나타나는 것이 정상적인 것인지는 확실히 알 수 없었지만), 작달막한 푸른 수염이 욕실에 다시 나타났습니다.

"장난치지 마. 이제 됐어. 파티는 끝났어. 피차 공정한 게 좋아." 푸른 수염이 꽥꽥 소리를 질렀습니다. "그걸 돌려줘."

"싫어요." 하룬이 대답했습니다.

"절단기." 푸른 수염이 손가락으로 절단기를 가리켰습니다. "그걸 넘겨줘. 원래 주인에게 돌려줘. 정당한 소유자에게 돌려줘. 포기해. 넘겨줘. 내놔!"

이제 하룬은 푸른 수염의 머리가 양파와 닮지 않은 것처럼 자기가 들고 있는 연장도 멍키스패너와 전혀 비슷하지 않다는 것을 알아차렸습니다. 그 연장은 모양이 대체로 멍키스패너와 비슷했지만 단단한 고체라기보다 부드러운 유동체였고, 서로 다른 색깔의 액체가 흐르고 있는 수천 개의 작은 관으로 이루어져 있었습니다. 눈에 보이지는 않지만 믿을 수 없을 만큼 강한 어떤 힘이 그 수많은 관들을 한데 묶어 놓고 있었습니다. 그것은 정말 아름다웠습니다.

"여기서 뭘 하고 있는지 말해 주기 전에는 돌려주지 않겠어요." 하룬이 단호하게 말했습니다. "당신은 도둑인가요? 경찰을 부를까요?"

"털어놓을 수 없는 임무야." 작달막한 남자가 부루퉁하게 말했습니다. "일급비밀. 중요한 기밀. 제삼자는 알 수 없는 정보. 자줏빛 헝겊을 댄 빨간색 잠옷 바람으로 제 것도 아닌 물건을 낚아채고는 도리어 남을 도둑이라고 부르는 건방진 녀석에게는 절대 말할 수 없어."

"좋아요. 그럼 아버지를 깨우겠어요."

"안 돼." 푸른 수염이 날카롭게 말했습니다. "어른은 안 돼. 규칙과 규정이야. 그건 철저히 금지되어 있어. 내가 맡은 일의 가치보다 그게 더 중요해. 아아, 오늘은 일진이 나쁠 줄 알았어."

"나는 기다리고 있어요." 하룬이 엄격하게 말했습니다.

작달막한 남자는 몸을 꼿꼿이 세우고 시무룩하게 말했습니다. "나는 물의 정령인 '만약'이야. '이야기 바다'에서 왔지."

하룬은 가슴이 두근거렸습니다.

"당신이 정말로 우리 아버지가 나한테 말해 준 그 정령이란 말인가요?"

"드넓은 '이야기 바다'에서 끌어온 '이야기 물'의 공급자." 물의 정령은 허리 굽혀 절을 했습니다. "그래, 그게 바로 나야. 하지만 유감스럽게도 이 신사는 더 이상 '이야기 물'을 공급해 달라고 요구하지 않아. 이야기 활동을 그만두었어. 수건을 내던지고 일을 집어치웠어. 계약을 취소했어. 그래서 내가 온 거야. 연결을 끊으려고. 그러니까 제발 내 연장을 돌려줘."

"그렇게 서두르지 마세요."

'물의 정령'이 정말로 존재할 뿐만 아니라, '이야기 바다'도 지어낸 이야기가 아니라 실제로 존재한다는 것도 놀라운 발견이었지만, 아버지가 이야기를 포기하고 입을 다물었다는 뜻밖의 사실을 알게 된 것도 큰 충격이었습니다. 하룬은 현기증이 났습니다.

"믿을 수 없어요." 하룬이 물의 정령 만약에게 말했습니다.

"아버지는 어떻게 그 메시지를 보냈죠? 나는 거의 줄곧 아버지와 함께 있었는데."

"통상적인 수단으로 보냈지." 만약이 어깨를 으쓱하며 말했습니다. "'너복설과'로."

"그게 뭐예요?"

"그것도 몰라?" 물의 정령이 심술궂게 웃으면서 말했습니다. "'너무 복잡해서 설명할 수 없는 과정'을 줄여서 '너복설과'라고 하는 거야." 물의 정령은 하룬이 혼란에 빠진 것을 보고 덧붙였습니다. "이 경우에는 '사고 광선'을 이용하지. '사고 광선'을 켜면 그 사람의 생각이 들려. 첨단 기술이야."

"첨단이든 아니든, 이번에는 당신이 실수했어요. 잘못 판단했어요. 완전히 오해한 거라고요." 하룬은 자신의 말투가 물의 정령을 닮아 가기 시작한 것을 깨닫고, 그것을 떨쳐 버리기 위해 고개를 저었습니다. "우리 아버지는 절대로 포기하지 않았어요. '이야기 물' 공급을 끊으면 안 돼요."

"명령이야." 만약이 말했습니다. "모든 문의는 대감사관한테 해."

"무슨 대감사관요?" 하룬이 물었습니다.

"물론 '너복설과'의 대감사관이지. 이바구의 수다 시에 있는 '너복설과' 본부. 모든 편지는 그곳의 바다코끼리에게 보내져."

"바다코끼리가 누구예요?"

"넌 주의가 산만하구나. 그렇지?" 만약이 대꾸했습니다. "수다 시의 '너복설과' 본부에는 머리 좋은 사람들이 많이 고용되어 있지만, 대감사관은 하나뿐이야. 모두 머리가 반짝반짝 빛나는 '빛나리'들이지만, 대감사관은 바다코끼리야. 이제 알았니? 알아들었어?"

하룬은 이 정보를 모두 받아들였습니다.

"그런데 편지가 어떻게 거기까지 배달되죠?"

하룬이 묻자, 물의 정령 만약은 낮은 소리로 킬킬거리면서 대답했습니다.

"편지는 배달되지 않아. 이 시스템이 얼마나 뛰어난지는 너도 알 수 있을 거야."

"모르겠는데요." 하룬이 대꾸했습니다. "어쨌든 당신이 '이야기 물'을 끊어 버려도 우리 아버지는 여전히 이야기를 할 수 있을 거예요."

"이야기는 누구나 할 수 있지. 예를 들면 거짓말쟁이, 사기꾼, 협잡꾼도 이야기를 할 수 있어. 하지만 특별 성분이 들어 있는 이야기를 하려면, 아무리 뛰어난 이야기꾼이라 해도 '이야기 물'이 필요해. 자동차가 달리려면 휘발유가 필요하듯이, 이야기를 하는 데에도 연료가 필요하지. '이야기 물'이 없으면 흐름이 끊겨 버려."

"내가 왜 당신 말을 믿어야 하죠?" 하룬이 따져 물었습니다.

"이 욕실에는 지극히 평범한 욕조와 변기, 세면기, 그리고 '냉수' 와 '온수'라고 표시되어 있는 지극히 평범한 수도꼭지 말고는 아무것도 보이지 않는데."

"여길 만져 봐." 물의 정령은 세면기에서 위로 한 뼘 가량 올라간 허공을 가리키면서 말했습니다. "절단기를 들고, 네가 아무것도 없다고 상상하는 이 공간을 가볍게 두드려 봐."

하룬은 물의 정령이 속임수를 쓰는 게 아닐까 의심스러워서, 뒤로 물러서 있으라고 말한 뒤에야 물의 정령이 시킨 대로 했습니다. 그러자 절단기가 눈에 보이지 않는 뭔가 단단한 것에 부딪혀 땡 소리를 냈습니다.

"그것 봐. 울리지?" 물의 정령이 활짝 웃으면서 외쳤습니다. "이야기 꼭지야. 어때?"

"나는 아직도 이해할 수가 없어요." 하룬이 얼굴을 찌푸렸습니다. "당신의 그 '바다'는 어디 있죠? 그리고 '이야기 물'은 눈에 보이지 않는 이 꼭지까지 어떻게 오죠? 배관은 어떻게 작동하죠?"

하룬은 만약의 눈이 심술궂게 반짝이는 것을 보고 한숨을 내쉬면서 질문에 스스로 대답했습니다.

"말하지 말아요. 나도 알고 있으니까. '너복설과'겠죠."

"그래, 맞았어. 단번에 정답을 맞혔군. 백발백중. 아주 정확해."

이제 하룬 칼리파는 한 가지 결정을, 그의 일생에서 가장 중요한 결정을 내렸습니다.

"만약 씨." 하룬은 공손하면서도 단호하게 말했습니다. "나를 수다 시로 데려다 주세요. 바다코끼리를 만나서, 우리 아버지한테 '이야기 물' 공급을 끊은 어처구니없는 실수를 바로잡아야 해요. 너무 늦기 전에."

만약은 고개를 저으면서 두 팔을 활짝 벌렸습니다.

"그건 불가능해. 아무도 할 수 없어. 그건 메뉴에 없는 일이야. 꿈도 꾸지 마. 이바구의 '이야기 바다'의 연안에 있는 수다 시에 접근할 권리는 엄격하게 제한되어 있어. 접근이 완전히 금지되어 있지. 백 퍼센트 금지야. 나처럼 특별 신임장을 가진 요원만 들어갈 수 있어. 너는 어떻지? 가능성이 전혀 없어. 백만 년을 기다려도 안 돼. 절대 안 돼."

"그렇다면 당신은 이것 없이 돌아가야 할 거예요." 하룬은 절단기를 푸른 수염의 얼굴에 들이대고 흔들었습니다. "그들이 어떻게 생각할지 두고 봅시다."

긴 침묵이 흘렀습니다.

"좋아." 물의 정령이 말했습니다. "너는 현장에서 나를 잡았으니, 그걸로 끝난 일이야. 서둘러. 어서 떠나야 해. 빨리 가자. 가려면 어서 가자."

하룬의 심장이 발가락 쪽으로 빠르게 떨어졌습니다.

"지금 가자는 거예요?"

"그래, 지금."

하룬은 숨을 천천히 깊게 들이마셨습니다.

"좋아요. 그럼, 어서 가요."

4
만약과 하지만

"그럼 새를 골라. 아무 새나 골라." 물의 정령이 명령했습니다.
하룬은 어리둥절했습니다.

"여기 있는 새는 나무를 깎아서 만든 공작새뿐이잖아요."

그러자 만약은 진저리가 난다는 듯 콧방귀를 뀌었습니다.

"볼 수 없는 것을 골라도 돼." 그는 너무나 뻔한 일을 멍청이한
테 설명해 주는 것처럼 말했습니다. "눈앞에 존재하지 않는 새
의 이름을 말해도 좋아. 까마귀, 메추라기, 벌새, 직박구리, 찌
르레기, 앵무새, 솔개 등등. 상상으로 만들어 낸 날짐승을 고를
수도 있어. 예를 들면 날개 달린 말, 하늘을 나는 거북, 비행하
는 고래, 공중을 나는 뱀이나 쥐……. 어떤 사물에 이름을 주

고, 명찰을 붙이고, 명칭을 부여하는 것, 이름 없는 무명 상태에서 구해 내는 것, 요컨대 사물의 신원을 확인하는 것, 그것이 사물을 존재시키는 방법이야. 이 경우에는 새나 '상상 속의 비행 생명체'에 존재성을 부여하는 방법이지."

"당신네 나라에서는 그럴지도 모르죠. 하지만 이곳에서는 더 엄격한 규칙이 적용돼요."

"이곳에서 나는 시간을 낭비하고 있어. 자기가 볼 수 없는 것은 절대 믿으려 하지 않는 절단기 도둑놈 때문에 말이야. 이봐, 꼬마 도둑. 너는 지금까지 얼마나 많은 것을 보았지? 아프리카를 본 적 있어? 없지? 그럼 아프리카는 정말로 존재하나? 잠수함은? 우박은? 야구는? 탑은? 금광은? 캥거루는? 백두산은? 북극은? 과거는 어때? 과거는 존재했나? 미래는 앞으로 존재할까? 자기 눈만 믿으면 많은 문제에 말려들게 될 거야. 곤경에 빠지고 난처한 입장에 놓이게 될 거라고."

이 말과 함께 푸른 수염은 헐렁한 바지 주머니에 손을 쑥 집어넣었습니다. 이윽고 다시 뺀 손에는 무언가를 움켜쥐고 있었습니다.

"자, 이걸 봐. 내 손 안에 들어 있는 것을 잠깐 들여다봐."

푸른 수염이 주먹을 폈습니다. 하룬은 너무 놀라서 하마터면 눈알이 튀어나올 뻔했습니다.

작은 새들이 만약의 손바닥 위를 걸어 다니고 있었습니다. 손바닥을 부리로 쪼고, 손바닥 위를 날려고 작은 날개를 파닥거리고 있었습니다. 새들만이 아니라 전설에 나오는 날개 달린 동물들도 있었습니다. 머리는 수염 난 남자의 얼굴, 몸은 사자, 옆구리에 털로 뒤덮인 커다란 날개 한 쌍이 돋아나 있는 아시리아 사자, 날개 달린 원숭이, 비행접시, 작은 천사들, 공중에 떠 있는 (그리고 공기로 숨 쉬는) 물고기.

"마음에 드는 게 뭐야? 골라 봐. 마음대로 골라." 만약이 재촉했습니다.

그 신기한 동물들은 너무 작아서 이빨로 물어뜯은 손톱 부스러기도 실어 나를 수 없을 것 같았지만, 하룬은 따지지 않기로 마음먹고 머리에 관모가 나 있는 작은 새를 가리켰습니다. 그 새는 아주 영리해 보이는 한쪽 눈으로 하룬을 곁눈질하고 있었습니다.

"그럼 그 후투티가 우리를 태워다 줄 거야." 물의 정령이 감동한 듯한 목소리로 말했습니다. "이 절단기 도둑놈아, 너도 알고 있겠지만, 옛날이야기에서 후투티는 온갖 위험한 곳을 지나 최종 목적지까지 다른 모든 새들을 이끌고 가는 새야. 꼬마 도둑놈아, 네 정체가 무엇으로 밝혀질지는 아무도 몰라. 하지만 지금은 그걸 생각할 때가 아니지."

물의 정령은 이렇게 결론짓고 창가로 달려가서 작은 후투티를 밤의 어둠 속으로 던졌습니다.

"왜 그런 거예요?" 하룬은 아버지를 깨우고 싶지 않아서 작은 소리로 물었습니다.

그러자 만약은 심술궂게 히죽 웃으면서 천진하게 말했습니다.

"문득 어리석은 생각이 떠올랐기 때문이야. 일시적인 망상, 한순간의 변덕이었어. 내가 그런 문제에 대해 너보다 더 많이 알기 때문은 아니야. 그건 절대 아니야."

하룬이 창가로 달려가 보니, 후투티는 '단조로운 호수'에 떠 있었습니다. 그렇게 작았던 후투티가 침대만큼 커져서, 물의 정령과 소년을 등에 태우고도 남을 정도였습니다.

"자, 떠나자." 만약이 즐겁게 노래하듯 말했습니다. 그 목소리가 너무 커서 하룬은 언짢은 기분이 들었습니다.

물의 정령은 창턱으로 깡충 뛰어올라 후투티의 등으로 건너 뛰었습니다. 하룬은 자신의 행위가 과연 현명한 것인지 헤아릴 겨를도 없이, 자줏빛 형겊을 댄 빨간색 잠옷 차림으로 왼손에 절단기를 움켜쥔 채 그 뒤를 따랐습니다. 하룬이 물의 정령 뒤에 자리를 잡자, 후투티는 고개를 돌려 까다롭지만 우호적인(하룬은 그러기를 바랐습니다) 눈길로 하룬을 살펴보았습니다.

이윽고 후투티는 물에서 날아올라 하늘로 빠르게 올라갔습니다.

가속 때문에 하룬은 후투티의 등에 빽빽이 돋아난 깃털 속에 깊이 파묻혔습니다. 왠지 털과 비슷한 그 깃털은 비행하는 동안 하룬을 보호하기 위해 주위로 모여드는 것 같았습니다. 짧은 시간에 놀라운 일들이 너무 많이 일어났기 때문에, 하룬이 그 많은 일들을 소화하는 데에는 잠시 시간이 걸렸습니다.

후투티의 속도는 순식간에 빨라져서, 밑에 있는 땅과 위에 있는 하늘이 하나로 녹아들어 몽롱하고 흐릿하게 보였습니다. 하룬은 자기가 전혀 움직이지 않고 그 흐릿한 공간에 그냥 떠 있는 듯한 느낌이 들었습니다. '우편 버스 운전사 하지만 씨가 M산맥을 로켓처럼 올라가고 있을 때에도 이렇게 허공에 떠 있는 듯한 감각을 느꼈지.' 하룬은 생각했습니다. '그러고 보니 머리에 깃털 관모가 돋아난 이 후투티는 머리털 한 줌이 곤두서 있던 하지만 씨를 연상시켜. 하지만 씨의 구레나룻이 어쩐지 깃털 같았다면, 이 후투티의 깃털은 머리털이나 수염 같은 느낌이 들어.'

다시 속력이 빨라졌습니다. 하룬은 만약의 귀에다 대고 소리쳤습니다.

"어떤 새도 이렇게 빨리 날 수는 없어요. 이 새는 기계인가요?"

후투티는 번득이는 눈으로 하룬을 뚫어지게 바라보았습니다.

"너는 기계에 거부감을 갖고 있는 모양이구나." 후투티가 크게 울려 퍼지는 목소리로 말했습니다. 그 우렁찬 목소리는 모든 면에서 우편 버스 운전사 하지만 씨의 목소리와 똑같았습니다. 후투티는 당장 말을 이었습니다. "하지만 하지만 하지만 너는

목숨을 나한테 맡겼어. 그렇다면 조금은 나한테 경의를 표해야
하는 거 아냐? 기계도 나름대로 자존심이 있다고. 그렇게 나를
말똥말똥 쳐다볼 필요는 없어. 내가 너한테 누군가를 생각나게
한다 해도 어쩔 도리가 없어. 어쨌든 그 친구는 운전사니까 빠르
게 달리는 성능 좋은 기계를 좋아하지."

"너, 내 마음을 읽을 수 있구나." 하룬이 좀 비난하는 투로 말
했습니다. 기계 장치로 움직이는 새에게 자신의 속내를 간파당
하는 것은 별로 유쾌한 일이 아니었기 때문입니다.

그러자 후투티가 대답했습니다.

"하지만 하지만 하지만 나는 '텔레파시'로도 너와 의사소통을
하고 있어. 너도 보다시피 나는 지금 부리를 움직이고 있지 않
아. 공기역학적인 이유 때문에 부리는 현재 형태를 유지해야 하
니까."

"어떻게 그럴 수 있지?" 하룬이 물었습니다.

그러자 뻔한 대답이 번개처럼 빠르게 돌아왔습니다.

"'너복설과'. 너무 복잡해서 설명할 수 없는 과정."

"그만둬." 하룬이 말했습니다. "그건 그렇고, 너도 이름이 있
니?"

"네 마음대로 불러." 새가 대답했습니다. "내가 하나 제안해
도 될까? '하지만'이라는 이름은 어때? 이유는 굳이 밝힐 필요
도 없겠지."

이야기꾼의 아들 하룬 칼리파는 이렇게 물의 정령 만약을 길잡이로 삼아 후투티 하지만의 등에 올라타고 밤하늘로 높이 올라갔습니다. 해가 떴습니다. 잠시 후 하룬은 저 멀리 커다란 소행성처럼 보이는 천체가 떠 있는 것을 보았습니다.

"저게 이바구야. 지구의 두 번째 달이지." 후투티 하지만이 부리를 움직이지 않고 말했습니다.

"하지만 하지만 하지만……" 하룬은 말을 더듬었습니다. (그것을 보고 후투티는 무척 즐거워했습니다.) "지구는 달이 하나뿐이잖아? 어떻게 두 번째 위성이 그렇게 오랫동안 발견되지 않은 상태로 남아 있을 수 있었지?"

"그건 속도 때문이야." 후투티 하지만이 대답했습니다. "속도야말로 가장 필요한 자질이지! 위급할 때, 그러니까 화재나 자동차 사고나 선박 사고 때 가장 필요한 게 뭐야? 물론 속도지. 소방차, 구급차, 구조선이 빨리 달려가야 해. 영리한 사람을 우리가 왜 높이 평가하지? 머리가 빨리빨리 돌아가기 때문이야. 그리고 모든 스포츠에서 속도, 그러니까 빠른 발, 빠른 손, 빠른 눈은 필수적인 요소야! 사람들은 자기가 빨리 할 수 없는 일을 더 빨리 하려고 기계를 만들지. 속도, 빠른 속도! 빛의 속도가 빠르지 않다면 우주는 캄캄하고 추울 거야. 하지만 빠른 속도는 빛을 가져와서 사물을 드러내는 반면, 사물을 감추는 데 쓰일 수도 있지. 지구의 두 번째 달 이바구는 너무 빨리 움직이기 때문에—그것은 모든 경이로움 중에서도 가장 경이로운 일이지—지구의 어떤 도구로도 이바구를 탐지할 수 없어. 게다가 이바구는 지구를 한 바퀴 돌 때마다 궤도가 1도씩 바뀌기 때문에, 360개의 궤도로 지구의 모든 지점을 가득 채우지. 이렇게 궤도가 달라지는 것도 지금까지 이바구가 발견되지 않은 이유의 하나야. 하지만 궤도가 바뀌는 데에는 중대한 목적이 있어. '이야기 물'은 지구 전체에 골고루 공급되어야 하기 때문이지. 부릉! 부르릉! 이바구는 고속으로 돌아야만 그 일을 해낼 수 있어. '기계'가 사람들에게 가져다주는 뜻밖의 선물을 너도 고맙게 생각하겠지?"

"그럼 지구의 두 번째 달 이바구는 기계적인 수단으로 움직인다는 거야?" 하룬이 물었지만, 하지만은 벌써 실제적인 문제에 관심을 돌린 뒤였습니다.

"달이 다가오고 있어." 하지만은 부리를 움직이지 않고 말했습니다. "상대 속도 일치. 착륙 절차 개시. 착륙까지 30초, 29초, 28초……."

겉보기에는 반짝거리는 물이 끝없이 펼쳐져 있는 것처럼 보이는 바다가 그들을 향해 빠른 속도로 올라오고 있었습니다. 이바구의 표면은 완전히 물로 이루어져 있는 듯했습니다. 게다가 얼마나 놀라운 물이었는지 모릅니다. 물은 상상도 할 수 없을 만큼 화려하고 다채로운 색깔로 찬란하게 반짝이고 있었습니다.

그리고 그것은 분명 따뜻한 바다였습니다. 하룬은 바다에서 김이 모락모락 피어오르는 것을 볼 수 있었습니다. 김은 햇빛 속에서 발갛게 빛을 내고 있었습니다. 하룬은 숨을 죽였습니다.

"여기가 '이야기 바다'야." 물의 정령 만약이 자랑스럽게 푸른 수염을 곤추세우면서 말했습니다. "그렇게 먼 길을 그렇게 빨리 날아와서 볼 만한 가치가 있잖니?"

"자, 간다." 후투티 하지만이 부리를 움직이지 않고 말했습니다. "둘, 하나, 제로."

물, 물, 물, 어디에나 물뿐이고, 육지는 흔적도 없었습니다.

"이건 속임수야." 하룬이 외쳤습니다. "내가 터무니없이 잘못 생각한 게 아니라면, 이곳에 수다 시 따위는 존재하지 않아. 수다 시가 없다면 '너복설과' 본부도 없고, 바다코끼리도 없고, 애당초 여기 올 필요도 없었다는 뜻이야."

"성급하게 굴지 마." 물의 정령이 말했습니다. "마음을 가라앉혀. 열내지 마. 진정해. 설명이 준비돼 있어. 네가 듣고 싶다면 언제든지 설명해 줄 수 있어."

"하지만 이곳에는 아무것도 없잖아요. 나더러 이런 데서 뭘 하라는 거죠?"

"정확히 말하면 여기는 이바구의 북극이야. 여기서는 지름길을 이용할 수 있어. 관료적인 절차를 피하고, 형식주의를 차단하는 수단이지. 게다가 솔직히 말하면, 내 사소한 실수를 수다 시 당국에 알리지 않고 우리의 작은 어려움을 해결할 수 있는 수단이기도 해. 내가 절단기를 잃어버렸고, 게다가 그 절단기를 훔친 도둑놈한테 협박당한 사실을 인정하고 싶지는 않거든. 우리가 여기 온 것은 '소원의 물'을 찾기 위해서야."

"이 바다에서 다른 곳보다 더 찬란하게 빛나는 부분을 찾아." 후투티 하지만이 말했습니다. "그게 '소원의 물'이야. 그걸 제대로 이용하면 소원을 이룰 수 있지."

"그러니까 수다족은 이 일에 직접 관여할 필요가 없어." 만약이 말을 이었습니다. "네 소원이 이루어지면, 너는 그 연장을 돌려주고 집에 돌아가서 다시 침대로 들어가면 돼. 그걸로 이야기는 끝이야. 알았지?"

"좋아요." 하룬은 다소 미심쩍은 마음으로 동의했습니다. 기대가 어긋나서 좀 아쉽기도 했습니다. 수다 시를 제 눈으로 보고, 수수께끼 같은 '너복설과'에 대해 더 많이 알고 싶었기 때문입니다.

"찾았다!" 만약이 안심하여 소리쳤습니다. "이봐, 빨리! '소원의 물'이야!"

후투티 하지만은 만약이 가리키고 있는 밝은 부분으로 조심스럽게 다가가서, 그 가장자리에 멈춰 섰습니다. '소원의 물'이 눈부신 빛을 내고 있어서 하룬은 눈길을 돌려야 했습니다.

물의 정령 만약은 금실로 수놓은 작은 조끼 속으로 손을 넣어 다면체 수정으로 만든 작은 병을 꺼냈습니다. 병에는 작은 황금 마개가 끼워져 있었습니다. 만약은 재빨리 그 마개를 빼고 빛나는 물을 병에 담았습니다(물도 황금색으로 빛나고 있었습니다). 그런 다음 다시 뚜껑을 닫아서, 그 병을 하룬에게 조심스럽게 건네주었습니다.

"제자리에! 준비! 출발!" 만약이 말했습니다. "이것이 네가 해야 할 일이야."

간절하게 바랄수록 효과가 더욱 좋아진다는 것이 '소원의 물'의 비밀이었습니다.

"그러니까 이젠 너한테 달렸어." 만약이 말했습니다. "쓸데없이 만지작거리면서 장난치지 말고 차분하게 착수해. 진지하게 소원을 빌면 '소원의 물'도 너를 위해 진지하게 노력할 거야. 그러면 야호! 네 소원은 이루어진 거나 마찬가지야."

하룬은 후투티 하지만의 등에 걸터앉아 손에 든 병을 뚫어지게 들여다보았습니다. 그 물 한 모금만 마시면 아버지에게 이야기 재능을 되돌려 드릴 수 있을 것입니다! 하룬은 "축배!" 하고 용감하게 외쳤습니다. 그러고는 마개를 열고 '소원의 물'을 한 모금 꿀꺽 삼켰습니다.

이제 주위가 온통 황금빛으로 빛나고, 하룬의 몸속도 황금빛으로 빛났습니다. 모든 것이 꼼짝도 하지 않았습니다. 우주 전체가 하룬의 명령을 기다리고 있는 듯했습니다. 하룬은 생각을 모으기 시작했습니다.

그러나 생각을 모을 수가 없었습니다. 아버지가 잃어버린 이야기 능력과 아버지가 취소한 '이야기 물' 계약에 생각을 모으려고 애썼지만, 어머니의 모습이 계속 하룬의 마음을 차지했습니다. 하룬은 어머니가 돌아오기를 간절히 빌기 시작했습니다. 모든 게 다시 전처럼 되기를 빌었습니다. 그러자 아버지의 얼굴이 돌아와 하룬에게 간청했습니다. '나를 위해 이것 하나만 해 다오, 아들아. 이것 하나만 해 다오.' 하지만 다음 순간에는 다시 어머니가 나타났습니다. 하룬은 어떻게 생각해야 할지, 무엇을 바라야 할지 알 수가 없었습니다. 마침내 1001개의 바이올린 현이 끊어지는 듯한 시끄러운 소리와 함께 황금빛은 사라지고, 하룬은 다시 '이야기 바다' 수면에 만약과 후투티와 함께 떠 있었습니다.

"11분이야." 물의 정령이 경멸하듯 말했습니다. "겨우 11분 만에 집중력이 사라지다니, 말짱 꽝이야. 다 소용없어. 끝장났다고."

하룬은 부끄러운 마음으로 고개를 숙였습니다.

"하지만 하지만 하지만 이건 수치스러운 일입니다, 만약 씨." 후투티 하지만이 부리를 움직이지 않고 말했습니다. "당신도 잘 아시겠지만, 소원을 비는 것은 그렇게 쉬운 일이 아니에요. 물의 정령인 당신은 당신 자신의 실수 때문에 속이 뒤집혔어요. 그런데 우리는 이제 수다 시로 가야 하고, 그곳에 가면 당신은 가혹한 말을 듣고 곤경에 빠질 테니까 속이 상해서 이 아이한테 화풀이를 하고 있는 거예요. 그만두세요. 안 그러면 내가 화낼 겁니다."

(정말로 후투티는 매우 열정적이고 흥분하기 쉬운 기계였습니다. 하룬은 비참한 기분에 잠겨 있으면서도 그렇게 생각했습니다. 기계는 더없이 이성적으로 여겨지고 있었지만, 이 새는 정말로 변덕스러울 수 있었습니다.)

하룬은 너무 창피해서 얼굴이 빨갛게 물들었습니다. 만약은 하룬의 얼굴을 보고 마음이 다소 누그러졌습니다.

"그래, 수다 시로 갈 수밖에 없어." 만약도 동의했습니다. "물론 네가 그 절단기를 순순히 넘겨주고 모든 일을 중지하고 싶다면 별 문제지만, 그렇지는 않겠지?"

하룬은 비참하게 고개를 저었습니다.

"하지만 하지만 하지만 당신은 아직도 이 아이를 못살게 굴고 있군요." 후투티 하지만이 부리를 움직이지 않고 말했습니다. "계획을 바꿔요. 지금 당장! 기운을 북돋워 주는 절차를 당장 시작하세요. 이 아이가 마실 '즐거운 이야기 물'을 주세요."

"물은 이제 한 모금도 안 마실 거야." 하룬은 작은 소리로 중얼거렸습니다. "물을 마셨다가 또 무슨 실수를 하려고?"

그래서 물의 정령 만약은 하룬에게 '이야기 바다'에 대해 이야기해 주었고, 바다의 마력은 절망감과 좌절감으로 가득 찬 하룬에게 영향을 주기 시작했습니다. 물속을 들여다본 하룬은 바다가 10억 하고도 한 개의 흐름으로 이루어져 있음을 알았습니다. 그 많은 흐름들이 저마다 다른 색깔이었고, 놀랄 만큼 복잡한 태피스트리처럼 얼기설기 엮여 있었습니다. 만약은 그것이 '이야기 흐름'이라고 설명했습니다. 제각기 다른 색깔을 가진 흐름한 가닥이 이야기 하나를 나타내고 있었습니다. 바다는 지역에 따라 서로 다른 부류의 이야기를 간직하고 있었습니다. 지금까지 나온 이야기와 아직도 만들어지고 있는 많은 이야기를 전부 이곳에서 찾아볼 수 있었기 때문에, '이야기 바다'는 사실상 우주에서 가장 큰 도서관이었습니다. 그리고 이곳에는 이야기가 액체 형태로 보관되어 있기 때문에, 무궁무진하게 변화할 수 있는 능력을 지니고 있었습니다. 모든 이야기는 자신을 새롭게 변형시키고, 다른 이야기와 결합하여 또 다른 이야기로 탈바꿈할 수 있는 능력을 지니고 있었습니다. 그래서 책을 소장하고 있는 도서관과는 달리 '이야기 바다'는 단순한 이야기 저장실이 아니었습니다. '이야기 바다'는 죽지 않고 살아 있었습니다.

"조심하면, 아주 조심하면, 또는 기막히게 솜씨가 좋으면 컵을 바다에 담글 수 있어." 만약이 하룬에게 말했습니다. 그러고는 조끼의 다른 주머니에서 작은 황금빛 컵 하나를 꺼냈습니다.

"그러면 순수한 '이야기 흐름' 하나를 컵에 가득 채울 수 있지. 이렇게." 만약은 작은 황금빛 컵에 물을 가득 채웠습니다. "그리고 그것을 기분이 우울해져 있는 젊은이에게 주면, 이야기의 마력이 젊은이의 기력을 원래 상태로 되돌릴 수 있어. 자, 어서 마셔. 단숨에 들이켜. 한 모금 쭈욱 마셔. 너 자신에게 친절을 베푸는 일이야. 기분이 최고로 좋아질 거야."

하룬은 한마디도 하지 않은 채 황금빛 컵을 받아 들고 컵에 담긴 물을 들이켰습니다.

하룬은 거대한 체스 판처럼 보이는 풍경 속에 서 있었습니다. 까만 네모칸마다 괴물이 한 마리씩 서 있었습니다. 혀가 두 개인 뱀, 이빨이 세 줄인 사자, 머리가 네 개인 개, 머리가 다섯 개인 마왕 등등. 하룬은 말하자면 이야기의 젊은 주인공의 눈을 통해 밖을 내다보고 있었습니다. 마치 자동차 조수석에 앉아 있는 기분이었습니다. 하룬은 이야기 주인공이 괴물을 하나씩 해치우면서 체스 판 끝에 있는 하얀 돌탑으로 진격하는 것을 구경만 하면 되었습니다. 탑 꼭대기에는 창문이 하나 있고(달리 뭐가 있겠습니까?), 괴물에게 사로잡힌 공주가 창밖을 내다보고 있었습니다(달리 누가 있겠습니까?).

하룬은 몰랐지만, 지금 그가 경험하고 있는 것은 「공주 구출 이야기 S/1001/ZHT/420/41(r)xi」였습니다. 이 이야기에 나오는 공주는 얼마 전에 머리카락을 잘라서, (「공주 구출 이야기 G/1001/RIM/777/M(w)i」의 여주인공 '라푼첼'과는 달리) 늘어 뜨릴 긴 머리 타래가 없었기 때문에, 주인공 하룬은 맨손과 맨발로 돌 틈에 매달려 탑의 돌벽을 기어 올라가야 했습니다.

돌벽을 절반쯤 올라갔을 때 하룬은 손 하나가 변하기 시작한 것을 알아차렸습니다. 사람 손의 형체를 잃고 짐승처럼 털투성이가 된 것입니다. 이어서 두 팔이 셔츠에서 불쑥 튀어나오더니 그것도 역시 털투성이가 되었습니다. 게다가 믿을 수 없을 만큼 길어지고, 엉뚱한 곳에 팔꿈치 관절이 생겼습니다. 아래쪽을 내려다본 하룬은 두 다리에도 같은 변화가 일어나고 있음을 알았습니다. 양쪽 옆구리에서 새 다리가 나오기 시작했을 때, 하룬은 자기가 지금 해치우고 있는 괴물과 똑같은 괴물로 변하고 있다는 것을 깨달았습니다. 머리 위에서는 놀란 공주가 목을 움켜잡고 희미한 목소리로 비명을 질렀습니다.

"으악, 이를 어째! 당신이 커다란 거미로 변해 버렸어요."

거미가 된 하룬은 탑 꼭대기까지 빠르게 올라갈 수 있었지만, 창문에 이르자 공주가 커다란 부엌칼을 꺼내 그의 팔다리를 자르면서 노래하듯 외쳤습니다.

"꺼져라, 거미야. 돌아가라, 집으로."

하룬은 돌벽을 움켜잡고 있는 손에서 차츰 힘이 빠지는 것을 느꼈습니다. 이윽고 공주가 가장 가까이 다가간 팔을 완전히 잘라 내자 하룬은 밑으로 떨어졌습니다.

"일어나. 정신 차려. 눈을 떠 봐."

하룬은 만약이 걱정스럽게 외치는 소리를 들었습니다. 눈을
떠 보니, 후투티 하지만의 등 위에 몸을 길게 뻗고 누워 있었습
니다. 만약이 옆에 앉아서 걱정스러운 표정을 짓고 있었지만, 그
와중에도 하룬이 절단기를 꽉 움켜잡고 있는 데 상당히 실망한
눈치였습니다.

"무슨 일이 있었지?" 만약이 물었습니다. "정해진 줄거리대로
공주를 구해서 석양 속으로 걸어 나왔겠지? 하지만 그렇다면
왜 그렇게 신음하고 끙끙대고 몸부림치고 팔다리를 휘저었지?
'공주 구출 이야기'를 좋아하지 않는 거냐?"

하룬은 이야기 속에서 겪은 일을 이야기했습니다. 그러자 만
약과 하지만은 둘 다 심각해졌습니다.

"믿을 수가 없군." 만약이 말했습니다. "처음 있는 일이야. 유
례없는 일이야. 내가 태어나서 지금까지 한 번도 없었던 일이
야."

"그 말을 들으니 기쁘군요." 하룬이 말했습니다. "그게 내 기
운을 북돋워 주는 '가장' 좋은 방법은 아닐 거라고 생각했거든
요."

"오염됐어." 물의 정령이 엄숙하게 말했습니다. "무언가가, 또

는 누군가가 '이야기 바다'에 오물을 넣었어. 이야기 속에 오물이 들어가면 이야기가 잘못될 건 뻔해. 후투티, 나는 출장을 다니느라 너무 오래 이곳을 떠나 있었어. 이렇게 외진 북쪽 끝에 오염된 흔적이 있다면, 수다 시의 상황은 위기에 가까울 거야. 빨리 서둘러! 전속력으로 전진! 전쟁이 일어났을지도 몰라."

"누구랑 전쟁을 해요?" 하룬이 물었습니다.

만약과 하지만은 두려움으로 몸을 떨었습니다.

"이바구의 반대쪽 어둠 속에 있는 잠잠 나라." 후투티 하지만이 부리를 움직이지 않고 대답했습니다. "이건 잠잠의 두령, 베차반 교단의 교주가 저지른 짓인 게 분명해."

"그게 누군데요?" 하룬은 물의 정령과 절단기, 말하는 기계 후투티와 하늘에 떠 있는 '이야기 바다'에 말려들지 말고 공작새 침대에 남아 있었더라면 좋았을걸 하고 후회하기 시작했습니다.

"이름은…… 카탐슈드." 물의 정령이 속삭였습니다. 그 순간 하늘이 캄캄해졌습니다.

저 멀리 수평선에서 포크처럼 갈라진 번개가 번득였습니다. 하룬은 몸이 오싹해지는 것을 느꼈습니다.

5

수다족과 잠잠족

하룬은 카탐슈드에 대해 아버지가 해 준 이야기를 잊지 않았
습니다. '너무 많은 공상이 사실로 드러나고 있구나.' 하고 하룬
은 속으로 생각했습니다.

그러자 당장 후투티 하지만이 부리를 움직이지 않고 대답했
습니다.

"우리 이바구는 색다른 '이야기 달'일 거야. 이야기책 같은 건
어디에서도 찾을 수 없겠지만 말이야."

하룬은 그것이 이치에 맞는 말이라고 인정할 수밖에 없었습
니다.

그들은 남쪽의 수다 시를 향해 빠르게 내려가고 있었습니다.

후투티는 수면을 떠나지 않고 '이야기 흐름'을 따라 고속 모터보트처럼 날쌔게 달리면서 사방으로 물보라를 날리고 있었습니다.

"그러면 이야기들이 뒤죽박죽이 되어 버리잖아?" 하룬이 물었습니다. "이렇게 물을 휘저어 놓으면 이야기가 마구 뒤섞일 텐데."

"걱정 마!" 후투티 하지만이 소리쳤습니다. "제 밥값을 하는 유능한 이야기라면 조금 흔들리는 것쯤은 얼마든지 처리할 수 있어. 부르릉!"

그런 이야기를 계속해 봤자 이로울 게 없었습니다. 그래서 하룬은 그 이야기를 그만두고 좀 더 중요한 문제로 돌아왔습니다.

"카탐슈드에 대해 자세히 말해 주세요."

하룬의 요청에 만약은 놀랍게도 아버지가 했던 말과 거의 똑같은 말로 대답했습니다.

"카탐슈드는 모든 이야기의 최대 적이란다. 심지어는 말 자체의 적이라고 할 수도 있지. 카탐슈드는 '침묵의 왕자'이고 '말의 적'이야. 어쨌든……" 여기서 물의 정령은 지나치게 점잖은 말투를 버렸습니다. "그것이 카탐슈드에 대한 평판이야. 잠잠 나라와 그곳 주민들에 대한 것은 거의 다 소문과 허튼소리야. 우리가 '어스름 지대'를 건너 '영원한 밤'으로 들어가 본 지 벌써 몇 세대나 지났으니까."

"저, 미안하지만……" 하룬이 만약의 말을 가로막았습니다.

"나는 이곳 지리를 몰라서 도움이 좀 필요한데요."

"흠." 후투티 하지만이 콧방귀를 꿰었습니다. "교육을 제대로 못 받았군."

"그 말은 앞뒤가 안 맞아." 하룬이 대꾸했습니다. "이 달은 속도가 너무 빨라서 지구에 사는 사람들은 지금까지 이 달의 존재조차 모른다고 자랑한 건 바로 너야. 그러니까 우리가 이 달의 지형적 특징이나 주요 수출품 따위를 알 거라고 기대한다면, 그건 말도 안 돼."

그러나 후투티 하지만의 눈은 반짝반짝 빛나고 있었습니다. 기계와 이야기할 때는 정말로 중대한 어려움이 따른다고 하룬은 생각했습니다. 기계는 완전히 무표정하기 때문에 진담인지 농담인지 구별할 수가 없습니다.

"'너복설과' 본부에서 일하는 '빛나리'들의 비범한 재능 덕분에 이바구의 자전 속도를 통제할 수 있었어." 하지만은 하룬을 딱하게 여기고 설명하기 시작했습니다. "그 결과 수다 왕국은 '끝없는 햇빛'을 쬐고, 반대쪽에 있는 잠잠 나라는 늘 한밤중이지. 두 나라 사이에 '어스름 지대'가 있는데, 대감사관의 명령에 따라 오래전에 수다족은 그곳에 절대 부술 수 없는, 그리고 눈에 보이지 않는 '힘의 장벽'을 쌓았어. 그 장벽의 이름은 우리 임금님의 이름을 따서 '떠버리 장벽'이라고 부르지만, 물론 그분은 그 장벽 건설에 전혀 관여하지 않았지."

"잠깐만." 하룬이 얼굴을 찌푸렸습니다. "이바구가 정말 무지 무지 빠르다 해도 어쨌든 지구 주위를 돈다면, 지구가 이바구와 태양 사이에 놓이는 순간이 반드시 있을 거야. 따라서 이바구의 절반이 항상 낮이라는 말은 사실일 리가 없어. 너는 또 '이야기' 를 하고 있는 거야."

"물론 나는 '이야기'를 하고 있어." 후투티 하지만이 대답했습니다. "이의가 있으면 바다코끼리한테 제기해. 미안하지만 나는 이제 앞쪽에 주의를 기울여야 해. 교통량이 갑자기 많아졌거든."

하룬은 묻고 싶은 것이 많았습니다. 잠잠족은 왜 '영원한 밤' 속에 살고 있는 걸까? 해가 전혀 뜨지 않는다면 그곳은 몹시 춥지 않을까? 베차반 교단은 뭐고, 교주는 또 뭔가? 어쨌든 그들이 수다 시로 다가가고 있는 것은 분명했습니다. 주위의 물과 그 위의 하늘이 후투티 하지만 못지않게 별난 기계 새들로 메워지고 있었기 때문입니다. 뱀의 머리에 공작새의 꼬리를 가진 새들, 하늘을 나는 물고기들, 개처럼 생긴 새. 그리고 새들의 등에는 물의 정령들이 타고 있었습니다. 온갖 색깔의 수염을 기르고, 머리에는 터번을 두르고, 수놓은 조끼와 헐렁한 바지를 입은 물의 정령들은 모두 만약과 똑같아 보였습니다. 수염 색깔이 천차만별이어서 서로 구별할 수 있는 게 그나마 다행이라고 하룬은 생각했습니다.

"뭔가 중대한 사건이 일어난 게 분명해." 만약이 말했습니다. "전원이 기지로 복귀하라는 명령을 받았어. 나도 절단기를 가지고 있다면 복귀 명령을 받았을 텐데." 만약이 날카롭게 덧붙였습니다. "꼬마 도둑들은 모르겠지만, 절단기 손잡이 안에는 최첨단 송수신기가 내장되어 있거든."

"하지만 다행이에요." 하룬도 날카롭게 되받아쳤습니다. "당신이 그 오염된 이야기로 나를 하마터면 독살할 뻔했기 때문에 이런 상황을 알게 됐으니까요. 그러니까 손해 본 건 없어요. 나만 빼고는……."

만약은 이 말을 무시했습니다. 그리고 하룬의 관심도 다른 데로 쏠렸습니다. 잎이 유난히 두껍고 억센 잡초나 채소처럼 보이는 커다란 식물이 촉수를 이리저리 휘두르며 바로 옆에서 후투티 하지만과 보조를 맞추어 달리고 있었기 때문입니다. 움직이는 식물 한복판에는 꽃잎이 두꺼운 라일락 한 송이가 피어 있었습니다. 하룬은 이제껏 그런 꽃을 본 적이 없었습니다.

"저게 뭐지?" 하룬은 무례한 짓인 줄 알면서도 그것을 손가락으로 가리키면서 물었습니다.

"물론 수상 정원사지." 후투티 하지만이 부리를 움직이지 않고 말했습니다.

이 말은 아무리 생각해도 이해가 되지 않았습니다. 그래서 하룬은 후투티의 말을 바로잡았습니다.

"수상 정원이라는 뜻이겠지."

그러자 후투티는 가볍게 콧방귀를 뀌고는, 귀에 거슬리는 쉰 목소리로 말했습니다.

"그래, 네가 아는 건 고작 그것뿐이지."

그 순간 고속으로 달리던 식물이 물에서 곧추서더니 제 몸 여기저기를 빙글빙글 돌리고 매듭을 지어 이윽고 사람 비슷한 형체가 되었습니다. '머리'에는 입이 있어야 할 곳에 라일락 꽃이 있었고, 잡초 다발은 촌스러운 모자를 이루고 있었습니다.

"과연 수상 정원사로군." 하룬은 마침내 깨달았습니다.

수상 정원사는 이제 수면 위를 가볍게 달리고 있었습니다. 물속에 가라앉을 조짐은 전혀 보이지 않았습니다.

"어떻게 가라앉을 수 있겠냐?" 후투티 하지만이 불쑥 말했습니다. "그러면 '잠수 정원사'가 되어 버리잖아. 하지만 너도 보다시피 물에 떠 있어. 물 위에서 달리고, 걷고, 깡충깡충 뛰고, 아무 문제도 없어."

만약이 정원사에게 소리를 질렀습니다. 정원사는 당장 고개를 끄덕이며 짤막하게 인사를 했습니다.

"낯선 사람을 데려왔군. 참으로 이상한 일이야. 하지만 내가 알 바 아니지." 정원사가 말했습니다. 목소리는 꽃잎처럼 부드러웠지만(뭐니 뭐니 해도 정원사는 그 라일락 입술을 통해서 말하고 있었기 때문입니다), 태도는 좀 무뚝뚝했습니다.

"수다족은 모두 수다쟁이인 줄 알았는데요." 하룬이 만약에게 속삭였습니다. "하지만 저 정원사는 말이 별로 없군요."

"저 친구는 말이 많아." 만약이 대답했습니다. "어쨌든 정원사 치고는 수다스러워."

"안녕?" 하룬이 정원사에게 말을 걸었습니다. 다른 곳에서 왔으니까 자기를 소개할 필요가 있다고 생각했기 때문입니다.

"넌 누구니?" 정원사는 걸음을 늦추지 않고 부드러운 목소리로 퉁명스럽게 물었습니다.

하룬이 이름을 말하자, 정원사는 또다시 무뚝뚝하게 고개를 끄덕였습니다.

"나는 말끔이야. 일급 수상 정원사지."

"수상 정원사는 무슨 일을 하니?" 하룬은 가장 상냥한 목소리로 말했습니다.

"유지 보수야." 말끔이가 대답했습니다. "꼬이고 뒤틀린 '이야기 흐름'을 풀어 주는 일이지. 얽힌 것을 펴 주고, 잡초를 뽑아 주고, 요컨대 정원을 가꾸는 일이야."

"이 '이야기 바다'가 수많은 머리털로 이루어진 머리라고 생각해 봐." 후투티 하지만이 하룬을 도와주려고 말했습니다. "말의 갈기가 부드러운 털로 가득 차 있듯이, 이 바다도 수많은 '이야기 흐름'으로 가득 차 있다고 상상해 봐. 머리털이 자라고 무성해지면 더 많이 얽히고 헝클어지지. 수상 정원사들은 '이야기 바다'의 미용사 같은 존재라고 할 수 있어. 머리를 빗질하고, 깨끗하게 손질하고, 때를 씻어 내고, 건강한 상태로 유지하는 거야. 이제 알겠지?"

"그런데 이 오염은 뭐지? 언제 시작된 거야? 얼마나 심각해?" 만약이 말끔이에게 물었습니다.

말끔이는 그 질문에 차례로 대답했습니다.

"치명적인 오염이지요. 하지만 어떤 종류의 오염인지는 아직 밝혀지지 않았어요. 시작된 지는 얼마 되지 않았지만, 급속히 퍼지고 있답니다. 얼마나 심각하냐고요? 아주 심각합니다. 어떤 유형의 이야기는 정화하는 데 몇 년이 걸릴 수도 있어요."

"예를 들면?" 하룬이 큰 소리로 물었습니다.

"통속적인 연애소설이 최근 들어 갑자기 늘어났고, 동화도 마찬가지야. 예를 들면 말하는 헬리콥터 이야기가 폭발적으로 증가했어."

이 말과 함께 말끔이는 입을 다물었습니다. 그들은 계속 수다 시를 향해 돌진했습니다. 하지만 잠시 후 하룬은 새로운 목소리를 들었습니다. 수많은 목소리가 합창하듯 입을 맞추어 한꺼번에 말하고 있었습니다. 그 목소리는 뽀글뽀글 거품 이는 소리와 부글부글 끓는 소리로 가득 차 있었습니다. 마침내 하룬은 그 소리가 수면 밑에서 올라오고 있다는 것을 알아차렸습니다. 물속을 들여다본 하룬은 달리는 후투티 바로 밑에 무서운 바다 괴물 두 마리가 있는 것을 보았습니다. 그 괴물들은 수면 가까이 헤엄치고 있었기 때문에, 후투티 하지만이 빠른 속도로 달리면서 일으킨 물결로 파도타기를 하고 있었습니다.

괴물들은 대체로 세모꼴이었고 무지갯빛을 띠고 있었기 때문에, 하룬은 그것이 나비고기의 변종일 거라고 짐작했습니다. 하지만 몸집은 상어만큼 크고, 말 그대로 수십 개의 입이 몸 전체를 뒤덮고 있었습니다. 이 입들은 끊임없이 움직여 '이야기 흐름'을 빨아들였다가 다시 내뿜는 일을 되풀이하고 있었습니다. 그 일을 쉬는 것은 이야기할 때뿐이었습니다. 입들은 저마다 다른 목소리로 이야기했지만, 동시에 똑같은 말을 하고 있었습니다.

"빨리! 서둘러! 늦으면 안 돼!" 첫 번째 물고기가 부글거리는 소리로 말했습니다.

"바다가 병들었어! 빨리 치료해야 돼!" 두 번째 물고기가 말을 받았습니다.

후투티 하지만은 또다시 친절하게도 하룬에게 설명해 주었습니다.

"저건 '다구어'야. 너도 알아차렸겠지만, 입이 많아서 그런 이름을 얻었지."

하룬은 놀라움으로 가득 차서 생각했습니다. '바다에는 많은 물고기가 있다고 속물 하지마안은 말했지만, 바다에는 정말로 입이 많은 물고기도 있구나. 그리고 아버지 말씀대로 나는 먼 길을 떠났고, 다구어가 나비고기일 수도 있다는 것을 알았어.'

"다구어는 항상 두 마리씩 짝을 지어서 다녀." 후투티 하지만 이 부리를 움직이지 않고 말했습니다. "짝에게 평생 충실하지. 이 완벽한 화합을 표현하기 위해 다구어들은 말을 할 때 반드시 운을 맞춰서 대구로 이야기해."

하룬이 보기에 다구어들은 그다지 건강해 보이지 않았습니다. 입들은 부글부글 가래 끓는 소리를 내면서 자주 기침을 했고, 눈은 염증을 일으킨 것처럼 충혈되어 있었습니다.

"나는 전문가가 아니지만, 너희 둘 다 괜찮니?" 하룬이 말을 걸었습니다.

대답은 곧 돌아왔지만, 부글거리는 기침 소리가 섞여 있었습니다.

"모두 이 고약한 물맛 때문이야! 너무 더러워!"

"이젠 바다에서 헤엄치기가 어려워!"

"내 이름은 '시끌이'고, 얘는 '와글이'라고 해!"

"무례하게 굴어서 미안해. 기운이 없어서 그래!"

"눈이 질금거리는 느낌이야. 목도 아파!"

"우리는 기분이 좋을 때는 말이 더 많아."

"너도 짐작했겠지만, 수다족은 모두 말하기를 좋아해." 만약 이 속삭이는 소리로 말했습니다. "침묵은 무례하게 여겨질 때가 많지. 그래서 다구어들이 사과한 거야."

"내가 보기에는 다구어들이 말을 잘하고 있는 것 같은데요."
하룬이 대답했습니다.

"보통은 모든 입이 저마다 다른 이야기를 해." 만약이 설명했
습니다. "그래서 충분히 많은 이야기를 하게 되지. 다구어들에
게 이런 상태는 침묵이나 마찬가지야."

"반대로 수상 정원사는 몇 마디만 해도 수다스럽다는 말을
듣는군요." 하룬이 말하고는 한숨을 내쉬었습니다. "나는 아무
래도 이곳을 이해할 수 있을 것 같지 않아요. 그런데 저 물고기
는 무슨 일을 하죠?"

만약은 다구어들이 '배고픔의 예술가'라고 대답했습니다.

"다구어들은 배가 고프면 모든 입으로 이야기를 삼키기 때문
이지. 그러면 그들의 내장 속에서 기적이 일어나. 한 이야기의
갈래가 다른 이야기의 발상과 결합하는 거야. 이윽고 다구어들
이 야잇! 하고 이야기를 뱉어 내면, 그건 이미 낡은 이야기가 아
니라 새로운 이야기로 바뀌어 있지. 이봐, 꼬마 도둑. 어떤 것도
무에서 생겨날 수는 없어. 어떤 이야기도 무에서 생겨나지는 않
아. 새로운 이야기는 낡은 이야기에서 태어나지. 새로운 이야기
를 새롭게 만드는 것은 바로 새로운 결합이야. 그러니까 예술적
인 우리 다구어들은 정말로 자신들의 소화기관 속에서 새로운
이야기를 창조하고 있는 거야. 그러니까 지금 그들이 얼마나 메

스꺼울지 상상해 봐! 더럽게 오염된 이야기들이 지금 그들의 몸속을 통과하고 있어. 앞에서 뒤로, 위에서 아래로, 옆에서 옆으로……. 아가미 주위가 초록빛이 된 것도 놀랄 일은 아니지!"

다구어들은 수면으로 올라와 헐떡거리는 소리로 대구 하나를 더 말했습니다.

"사태는 지금 우리 역사상 최악이야!"

"'고전 구역'은 그중에서도 최악이야!"

이 말을 듣고 물의 정령 만약은 손으로 제 이마를 찰싹 때려, 하마터면 터번이 벗겨질 뻔했습니다.

"뭐라고요? 무슨 소리예요?" 하룬은 끈질기게 알고 싶어 했습니다.

그래서 다른 생각에 골몰해 있던 만약은 마지못해 설명했습니다. 이바구의 남쪽에 있는 '고전 구역'은 최근 들어 아무도 가지 않는 지역이었습니다. 그곳을 흐르는 옛날이야기들은 이제 수요가 거의 없었습니다.

"수다족이 어떤지는 너도 알겠지. 새로운 것, 늘 새로운 것만 찾아. 옛날이야기에는 아무도 흥미를 보이지 않아."

그래서 '고전 구역'은 쓰이지 않게 되었습니다. 하지만 모든 '이야기 흐름'은 이야기의 원천인 '샘'에서 바다를 건너 북쪽으로 흐르는 해류에서 오래전에 생겨난 것으로 여겨졌습니다. 그 원천은 전설에 따르면 '달의 남극' 근처에 자리잡고 있었습니다.

"원천 자체가 오염되면 바다는 어떻게 될까? 우리는 모두 어떻게 될까?" 만약은 울부짖다시피 했습니다. "우리는 너무 오랫동안 원천을 무시했어. 이제 그 대가를 치르고 있는 거야."

"모자를 잡아." 후투티 하지만이 말했습니다. "브레이크를 밟을 거야. 수다 시가 바로 앞에 있어. 신기록이야! 부릉부릉! 부르릉! 문제없어."

'사람은 어떤 것에도 익숙해질 수 있다는 게 놀랍군. 게다가 놀랄 만큼 빠른 속도로.' 하룬은 속으로 생각했습니다. '이 새로운 세상, 이 새로운 친구들. 나는 방금 도착했을 뿐인데, 벌써 아무것도 그리 낯설게 느껴지지 않으니 말이야.'

수다 시는 온통 흥분과 활발한 움직임으로 가득 차 있었습니다. 수다 시는 본토에서 조금 떨어진 1001개의 작은 섬들로 이루어진 군도에 세워졌기 때문에 수로가 사방팔방으로 도시를 가로지르고 있었는데, 이 수로들은 지금 온갖 모양과 크기의 배들로 메워져 있었습니다. 배들을 가득 메운 시민들도 배들처럼 모습이 다양했지만, 다들 걱정스러운 표정을 짓고 있었습니다. 한쪽에는 말끔이를 태우고 반대쪽에는 시끌이와 와글이를 태운 후투티 하지만은 물 위에 떠 있는 군중을 헤치고 다른 배들처럼 석호를 향해 (이제는 조금 천천히) 달려갔습니다.

다채로운 빛깔의 물이 섞여 있는 아름다운 석호는 군도와 본

토 사이에 자리잡고 있었습니다. 군도에 사는 수다족은 대부분 복잡하고 정교하게 조각한 목조 건물에 금과 은으로 된 물결 모양의 지붕을 씌운 집에서 살았고, 건너편 본토에는 기하학적으로 정연하게 구획된 거대한 유원지가 해변까지 계단식으로 내려와 있었습니다. 이 유원지에는 분수와 환락궁과 가지를 길게 뻗은 고목들이 있고, 그 주위에는 수다 왕국에서 가장 중요한 건물 세 채가 당의를 입힌 거대한 케이크처럼 서 있었습니다.

중앙에 있는 건물은 떠버리 임금의 궁전(이곳에는 유원지가 한눈에 내려다보이는 웅장한 발코니가 있었습니다), 그 오른쪽에 있는 건물은 수다 의사당(이곳은 '수다의 집'이라고도 불렸습니다. 수다족은 워낙 대화를 좋아해서, 몇 주나 몇 달, 때로는 몇 년 동안이나 의회에서 토론을 계속할 수 있었기 때문입니다), 왼쪽에 있는 건물은 '너복설과' 본부였습니다. 탑처럼 높이 솟아 있는 이 건물에서는 윙윙 소리와 탕탕 소리가 끊이지 않고 들렸는데, 그 안에는 '너무 복잡해서 설명할 수 없는 과정'을 통제하는 '너무 복잡해서 설명할 수 없는 기계' 1001대가 감추어져 있었습니다.

후투티 하지만은 만약과 하룬을 물가 계단까지 데려다 주었습니다. 소년과 물의 정령은 후투티의 등에서 내려 유원지에 모여 있는 군중 속에 끼었지만, 땅보다 물을 더 좋아하는 수다족(수상 정원사, 다구어, 기계 새)은 석호에 남아 있었습니다. 유원지에서 하룬은 비쩍 마른 몸에 글로 뒤덮인 직사각형 옷을 입은 수다족을 많이 보았습니다.

"저게 그 유명한 수다족 '쪽'들이야." 만약이 말했습니다. "요컨대 군대지. 보통 군대는 소대와 연대 따위로 이루어지지만, 우리 쪽 군대는 '장'과 '권'으로 구성되어 있어. 각 권을 지휘하는 쪽은 '표지'야. 우리는 군대를 '도서관'이라고 부르는데, 저 위에 있는 게 바로 군대 전체를 지휘하는 서책 장군이야."

만약이 말하는 '저 위'는 왕궁 발코니였습니다. 지금 발코니에는 수다 왕국의 고관들이 모여 있었습니다. 서책 장군은 쉽게 알아볼 수 있었습니다. 얼굴이 햇볕에 그을린 노신사가 금박을 정교하게 아로새긴 가죽으로 만든 직사각형 군복을 입고 있었습니다. 하룬은 오래되고 귀중한 책의 표지에서 이따금 그런 상감세공을 본 적이 있었습니다. 발코니에는 '수다의 집' 우두머리도 있었습니다. 뚱보 의장은 지금도 발코니에 있는 동료들에게 끊임없이 말을 걸고 있었습니다. 연약하고 작달막한 백발 노신사도 보였습니다. 머리띠 모양의 금관을 쓰고 슬픈 표정을 짓고 있는 그 노신사는 떠버리 임금인 듯했습니다. 발코니에 있는 나머지 두 인물은 하룬이 알아보기가 좀 어려웠습니다. 하나는 지금 극도로 흥분해서 씩씩하면서도 좀 얼빠져 보이는 젊은이였고("저 사람은 허랑 왕자야. 떠버리 임금의 외동딸인 바락 공주의 약혼자지." 하고 만약이 하룬에게 속삭였습니다), 마지막 한 사람은 머리가 반짝반짝 빛나는 대머리였습니다. 입술 위에는 죽은 생쥐의 일부처럼 보이는 콧수염이 한심할 만큼 빈약하게 돋아나 있었습니다.

"저 사람을 보니 속물 하지마안이 생각나는군요." 하룬이 만약에게 속삭였습니다. "아니, 신경 쓰지 마세요. 당신이 모르는 사람이니까. 그런데 저 사람은 누구죠?"

작은 소리로 속삭였는데도, 유원지를 가득 메우고 있는 많은 수다족이 하룬의 말을 들었습니다. 그들은 믿을 수 없다는 듯 고개를 돌려 이 낯선 소년을 살펴보았습니다. 소년의 무지는 그만큼 놀라웠고, 소년의 잠옷 차림도 별나기는 마찬가지였습니다. 하룬은 군중 속에 발코니의 남자처럼 반짝반짝 빛나는 대머리인 남자와 여자가 많이 섞여 있는 것을 알아차렸습니다. 그들은 연구소 기술자들이 입는 하얀 가운을 걸치고 있었는데, '너무 복잡해서 설명할 수 없는 과정'을 가능하게 만든 '너무 복잡해서 설명할 수 없는 기계'(너복설기)를 움직이는 '너복설과' 본부의 천재 '빛나리'들이었습니다.

"당신들이……?" 하룬이 말을 시작했지만, 질문을 끝내기도 전에 대답이 돌아왔습니다. 빛나리인 그들은 두뇌 회전이 무척 빨랐기 때문입니다.

"그래, 우리는 빛나리야." 그들은 고개를 끄덕인 다음, '네가 그걸 모르다니, 믿을 수가 없군.' 하는 표정으로 발코니 위에 서 있는 동료 빛나리를 가리키며 말했습니다. "저분이 바다코끼리야."

"저분이 바다코끼리라고요?" 하룬은 놀라서 외쳤습니다. "하지만 전혀 바다코끼리처럼 보이지 않는데요. 왜 그렇게 부르죠?"

"텁수룩하고 우아한 콧수염 때문이지." 빛나리 가운데 하나가 대답하자, 또 다른 빛나리가 탄복하는 말투로 덧붙였습니다. "저것 봐! 정말 최고잖아? 숱도 많고, 비단처럼 부드러워."

"하지만……" 하룬이 말을 시작했지만, 만약이 옆구리를 찔렀기 때문에 얼른 입을 다물고 속으로 생각했습니다. '이 빛나리들만큼 털이 없으면, 저 바다코끼리의 입술 위에 죽은 생쥐처럼 돋아나 있는 저 빈약한 콧수염조차도 이제껏 본 적이 없는 굉장한 수염처럼 보일 거야.'

떠버리 임금이 손을 들었습니다. 군중은 입을 다물고 조용해졌습니다. (수다 시에서는 이례적인 사건입니다.)

임금은 말을 하려고 했지만 아무 말도 나오지 않았습니다. 그는 참담하게 고개를 저으며 뒤로 물러섰습니다.

그러자 갑자기 연설을 시작한 것은 허랑 왕자였습니다.

"놈들이 내 사랑하는 약혼녀를 잡아갔습니다." 왕자는 씩씩하면서도 얼빠진 목소리로 외쳤습니다. "내 사랑 바락 공주를 교주의 종놈들이 몇 시간 전에 훔쳐 갔습니다. 막돼먹은 상놈들, 비열한 겁쟁이들, 망나니들, 개새끼들! 놈들은 반드시 대가를 치를 것입니다."

서책 장군이 이어받았습니다.

"젠장, 빌어먹을! 공주의 행방은 아직 모르지만, '영원한 밤'의 심장부에 있는 잠잠 시, 카탐슈드가 살고 있는 얼음성, 그곳에 있는 잠잠 요새에 갇혀 있을 것입니다. 치욕스럽고 당혹스러운 일입니다! 정말 고약한 일입니다. 에헴!"

'수다의 집' 의장이 이어받았습니다.

"우리는 카탐슈드 교주에게 메시지를 보냈습니다. '이야기 바다'에 유입되고 있는 더러운 독과 바락 공주의 납치에 관한 메시지를 말입니다. 우리는 바다를 오염시키는 행위를 즉각 중단하고 납치한 공주를 일곱 시간 안에 돌려보내라고 요구했지만, 아직 어떤 요구도 받아들여지지 않았습니다. 따라서 나는 수다 나라와 잠잠 나라 사이에 현재 전쟁 상태가 존재한다는 것을 여러분에게 알려 드릴 수밖에 없습니다."

"긴급 조치가 절대로 필요합니다." 바다코끼리가 군중에게 말했습니다. "문제를 근본적으로 해결하는 조치를 취하지 않으면, 그렇게 급속히 퍼지고 있는 독이 바다 전체를 망쳐 버릴 것입니다."

"바다를 구하자!" 군중이 외쳤습니다.

"공주를 구하자!" 허랑 왕자가 외쳤습니다. 이 외침은 잠시 군중을 혼란에 빠뜨렸지만, 군중은 너그럽게도 구호를 바꾸었습니다.

"공주와 바다를 구하자!" 군중은 이렇게 외쳤고, 허랑 왕자는 그것으로 만족한 듯했습니다.

물의 정령 만약은 한껏 상냥한 표정을 지으면서 짐짓 유감스러운 것처럼 말했습니다.

"이봐, 꼬마 도둑. 지금은 전쟁 상황이야. 그건 '너복설과' 본부가 너의 사소한 요구에 신경쓸 겨를이 없다는 뜻이지. 그 절단기를 나한테 돌려주는 게 좋을 거야. 그러면 내가 너를 집까지 데려다 줄게. 어때? 공짜로 데려다 주겠어! 그보다 더 공정한 일이 있을 수 있나?"

하룬은 절단기를 힘껏 움켜쥐고 아랫입술을 반항적으로 삐죽 내밀면서 말했습니다.

"바다코끼리를 만나게 해 주지 않으면 절단기도 돌려줄 수 없어요. 내 마음은 절대로 변하지 않아요."

만약은 이 대답을 철학적으로 받아들여 체념한 듯했습니다. 그는 수많은 조끼 주머니 가운데 하나에서 특대형 초콜릿을 꺼냈습니다.

"자, 초콜릿이나 먹어."

그것은 하룬이 좋아하는 초콜릿이었습니다. 하룬은 배가 고파 죽을 지경이었기 때문에 초콜릿을 고맙게 받았습니다.

"여기 이바구에서도 이런 초콜릿을 만드는 줄은 몰랐어요."

"우리는 안 만들어. 이바구에서는 지극히 기본적인 식량만 생산하지. 맛있고 사치스러운 기호품을 구하려면 지구까지 가야 해."

"그럼 지구로 날아오는 UFO는 바로 여기서 오는 것들이군요." 하룬이 놀라서 말했습니다. "그리고 UFO가 노리는 건 과자군요."

바로 그때 왕궁 발코니에서 작은 소동이 일어났습니다. 허랑 왕자와 서책 장군이 잠시 안으로 들어갔다가 나와서, 바랄 공주의 행방을 알려줄 단서를 찾아 '어스름 지대'의 외딴 지역에 들어간 순찰대가 수상한 인물을 붙잡았다고 발표했습니다. 그 인물은 자신의 정체에 대해 만족스러운 설명도 하지 못했고 '어스름 지대'에서 뭘 하고 있었는지도 해명하지 못했다는 것입니다.

"여러분 앞에서 내가 직접 이 첩자를 심문하겠습니다!" 허랑 왕자가 외쳤습니다.

서책 장군은 좀 당황한 것 같았지만, 반대하지는 않았습니다. 이제 '쪽' 4인조가 한 남자를 발코니로 끌고 왔습니다. 기다란 푸른색 잠옷 차림의 남자였습니다. 두 손은 뒤로 결박당했고 머리에는 자루를 뒤집어쓰고 있었습니다.

자루가 벗겨졌을 때 하룬은 입을 딱 벌렸습니다. 먹다 만 초콜릿이 손에서 떨어졌습니다.

왕궁 발코니에서 허랑 왕자와 서책 장군 사이에 끼어 부들부들 떨고 있는 사람은 바로 하룬의 아버지, 이야기꾼 라시드 칼리파, 불행한 '허풍 대왕'이었습니다.

6

첩자의 이야기

지구인 '첩자'가 붙잡혔다는 소식은 유원지에 공포와 분노의 웅성거림을 불러일으켰습니다. 첩자가 "나는 단순한 이야기꾼이고, 오랫동안 당신들의 '이야기 물'을 공급받은 가입자"라고 자신의 정체를 밝혔지만, 그것은 오히려 수다족을 더욱 화나게 했을 뿐입니다. 하룬은 다소 거칠게 군중을 헤치고 나아가기 시작했습니다. 많은 수다족이 이 두 번째 지구인을 의심의 눈초리로 노려보았습니다. 역시 잠옷 차림인 이 지구인은 군중을 거칠게 떼밀면서 길을 뚫고 있었는데, 아무래도 제정신이 아닌 듯했습니다. 하룬은 왕궁 발코니를 향해 유원지의 계단식 테라스 일곱 개를 차례로 올라갔습니다. 도중에 하룬은 많은 수다족이 수군거리는 소리를 들었습니다.

"우리와 계약을 맺은 가입자래!"

"그런데 어떻게 우리를 배신하고 잠잠족을 편들 수 있지?"

"가엾은 바락 공주님!"

"공주가 대체 뭘 어쨌다는 거야? 돼지 멱따는 소리로 노래를 불러서 걸핏하면 우리 고막을 찢어 놓는 게 고작이잖아?"

"물론 공주님은 얼굴도 밉상이지만, 그건 핑계가 안 돼."

"지구인들은 믿을 수가 없어. 그건 사실이야."

하룬은 점점 화가 나서 더욱 거칠게 군중을 밀치고 나아갔습니다. 물의 정령 만약이 뒤에 바싹 붙어 따라오면서 소리를 질렀습니다.

"기다려. 참는 게 미덕이야. 어디서 불이 났냐? 왜 이렇게 서둘러?"

하지만 하룬은 걸음을 멈추려 하지 않았습니다.

"그런데 수다족은 첩자를 어떻게 처리하죠?" 하룬이 만약에게 성난 목소리로 고함을 질렀습니다. "첩자가 자백할 때까지 손톱을 하나씩 뽑겠죠? 천천히 고통스럽게 죽이나요? 아니면 전기의자에서 100만 볼트의 전류로 순식간에 죽이나요?"

물의 정령 만약(과 고함 소리를 들은 모든 수다족)은 충격을 받고 벌레 씹은 표정을 지었습니다.

"그런 이야기를 어디서 주워들었지?" 만약이 소리쳤습니다.

"터무니없는 소리. 우리에 대한 모욕이야. 그런 이야기는 들어본 적도 없어."

"그럼 어떻게 처벌하죠?" 하룬이 고집스럽게 물었습니다.

"나도 몰라." 만약은 돌격하다시피 나아가는 소년을 따라잡으려고 안간힘을 쓰느라 숨을 헐떡거리며 말했습니다. "지금까지 한 번도 첩자를 잡은 적이 없으니까. 아마 야단을 치겠지. 아니면 구석에 세워 놓거나. 아니면 '다시는 첩자 짓을 하지 않겠다'라는 말을 1001번 쓰게 할지도 몰라. 그건 너무 가혹한 처벌인가?"

마침내 왕궁 발코니 밑에 도착했기 때문에 하룬은 대답하지 않았습니다. 그 대신 그는 목청껏 고함을 질렀습니다.

"아빠! 여긴 웬일이세요?"

모든 수다족이 놀라서 하룬을 노려보았습니다. 라시드 칼리파(그는 아직도 추워서 덜덜 떨고 있었습니다)도 수다족 못지않게 놀랐습니다.

"맙소사." 라시드가 고개를 저으면서 말했습니다. "하룬! 너는 정말 예측할 수 없는 아이야."

"저분은 첩자가 아니에요." 하룬이 소리쳤습니다. "저분은 저의 아버지예요. 저분의 잘못은 이야기 재능을 잃어버렸다는 것뿐이에요."

"맞아." 라시드가 이를 딱딱 부딪치면서 우울하게 말했습니다. "애야, 어서 계속하렴. 모두에게 말해 다오. 온 세상에 널리 알려 줘."

허랑 왕자는 쪽 하나를 호위병으로 붙여서 하룬과 만약을 왕궁 한복판에 있는 임금의 처소로 보냈습니다. 하룬 또래로 보이는 이 쪽은 자신을 '조잘이'라고 소개했습니다. 알고 보니 조잘이는 수다 왕국에서 사내아이뿐 아니라 여자아이한테도 흔한 이름이었습니다. 조잘이는 쪽의 정식 제복인 직사각형 윗도리를 입고 있었는데, 하룬은 거기에 '허랑과 황금 양털'이라는 이야기가 적혀 있는 것을 보았습니다.

'이상하네.' 하룬은 속으로 생각했습니다. '황금 양털 이야기는 허랑이 아니라 다른 사람과 관련된 것인 줄 알았는데.'

수다 왕궁의 많은 통로를 지나가면서, 하룬은 근위대의 많은 쪽들이 친숙한 이야기가 적힌 군복을 입고 있는 것을 알아차렸습니다. 한 쪽은 '허랑과 요술 램프' 이야기가 적힌 옷을 입고 있었습니다. 또 다른 쪽은 '허랑과 40인의 도둑'이었고, '뱃사람 허랑'과 '허랑과 줄리엣', '이상한 나라의 허랑'을 입은 쪽도 있었습니다. 뭐가 뭔지 종잡을 수가 없었지만, 하룬이 군복에 적힌 그 이야기들에 대해 조잘이에게 물어보아도 조잘이는 그저 "지금은 패션을 논할 때가 아니야. 수다의 고관들이 네 아버지와 너를 심문하려고 기다리고 계셔." 하고 대답할 뿐이었습니다. 하지만 조잘이의 얼굴이 눈에 띄게 붉어진 것으로 보아, 그는 하룬의 질문에 당황한 듯했습니다.

'너무 서두르지 마.' 하룬은 속으로 자신을 타일렀습니다.

왕궁 알현실에서는 이야기꾼 라시드가 허랑 왕자와 서책 장군, 의장, 바다코끼리에게 이야기를 하고 있었습니다. (떠버리 임금은 바락 공주를 너무 걱정한 나머지 속이 상해서 쉬고 있었습니다.) 라시드는 담요로 몸을 감싸고 김이 피어오르는 뜨거운 물에 발을 담그고 있었습니다.

"제가 어떻게 수다시에 도착했는지 궁금하실 겁니다." 라시드는 사발에 담긴 수프를 홀짝거리면서 말했습니다. "저는 식이요법을 이용했답니다."

하룬은 믿을 수 없다는 표정을 지었지만, 다른 이들은 열심히 귀를 기울이고 있었습니다.

"저는 자주 불면증에 시달렸답니다. 그러다 보니, 특정한 식료품을 제대로 요리해 먹으면 잠이 잘 온다는 것, 뿐만 아니라 잠든 사이에 어디든 가고 싶은 곳으로 갈 수도 있다는 것을 알았습니다. 그 과정을 '황홀경'이라고 부르지요. 충분한 기술을 가진 사람은 꿈이 데려가 준 곳에서 깨어날 수도 있습니다. 다시 말하면 꿈속에서 깨어날 수도 있다는 뜻입니다. 저는 수다 왕국에 오고 싶었습니다. 하지만 방향을 조금 잘못 판단해서, 이렇게 얇은 잠옷만 입은 채 '어스름 지대'에서 깨어난 것입니다. 그래서 저는 몸이 얼어 버렸습니다. 솔직히 말하면 얼어 죽을 뻔했지요."

"그 식료품이 뭐지?" 바다코끼리가 호기심 어린 목소리로 물었습니다.

이제 신비롭게 눈썹을 꿈틀거릴 수 있을 만큼 회복된 라시드가 대답했습니다.

"제가 작은 비밀을 간직하는 것은 허락해 주셔야 합니다. 달딸기, 혜성 꼬리, 행성 고리를 수프와 함께 삼킨다고 해 둡시다. 그런데 이 수프는 정말 맛있군요."

'저 이야기가 통한다면, 아무리 황당무계한 이야기도 다 통할 거야.' 하룬은 생각했습니다. '이제 곧 수다족은 화를 내면서 아빠를 고문할 게 분명해.'

하지만 실제로 일어난 일은 뜻밖이었습니다. 허랑 왕자는 갑자기 바보처럼 낄낄 웃으면서 라시드 칼리파의 등을 탁 때렸습니다. 그 바람에 라시드는 입에 넣었던 수프를 내뿜었습니다.

"당신은 모험가일 뿐만 아니라 재치도 대단하군." 허랑 왕자가 말했습니다. "잘했어! 당신이 마음에 들어." 그러면서 허랑 왕자는 제 넓적다리를 찰싹 때렸습니다.

'이 수다족은 정말 순진하군.' 하룬은 생각했습니다. '게다가 점잖고 너그러워. 만약도 절단기를 되찾으려고 나와 싸울 수도 있었는데, 그럴 생각조차 하지 않았어. 내가 의식을 잃었을 때도 절단기를 빼앗으려 하지 않았어. 진짜 첩자한테도 기껏해야 반성문을 1001번 쓰는 정도의 형벌밖에 선고하지 않는다면, 수다족은 정말로 평화를 사랑하는 족속인 게 분명해. 하지만 어쩔 수 없이 전쟁을 해야 한다면 어떡하지? 수다족은 승산이 전혀 없어. 지는 날에는⋯⋯.' 여기서 하룬의 생각은 끊어졌습니다. '카탐슈드'라는 말이 떠올랐기 때문입니다.

"어스름 지대에서⋯⋯" 라시드가 말하고 있었습니다. "저는 나쁜 것을 보고, 더 나쁜 소리를 들었습니다. 그곳에는 잠잠족 군대의 숙영지가 있는데, 새까만 천막들은 광적인 침묵에 싸여 있었습니다! 당신들이 들은 소문은 사실이기 때문입니다. 정말로 잠잠 나라는 '베차반의 신비'라는 교단의 손아귀에 들어갔습니다. 침묵을 숭배하는 '베차반의 신비' 신자들은 신앙심을 보여 주기 위해 평생 침묵을 지키겠다고 맹세합니다. 나는 잠잠족 병사들의 천막 사이를 몰래 돌아다니면서 그것을 알았습니다. 교주인 카탐슈드가 전에는 단지 이야기와 공상과 몽상을 증오하라고 설교했지만, 이제는 더욱 엄격해져서 '말' 자체를 반대하고, 어떤 이유로도 말을 해서는 안 된다고 설교합니다. 잠잠 시의 학교와 법원과 극장은 이제 모두 폐쇄됐습니다. '침묵법' 때문에 기능을 발휘할 수 없으니까요. 교단의 일부 광신도는 광란 상태에 빠져, 튼튼한 실로 입술을 꿰매 버렸다고 하더군요. 그들은 그렇게 베차반에 대한 존경과 사랑에 자신을 제물로 바쳐 굶

주림과 목마름으로 서서히 죽어 가고 있습니다……."

"그런데 베차반이 누구죠? 아니, 베차반이 뭐예요?" 하룬이
불쑥 물었습니다. "여러분은 다 알지 모르지만, 저는 아무것도
몰라요."

"베차반은 거대한 우상이란다." 라시드가 아들에게 말했습니
다. "검은 얼음을 깎아서 만든 거대한 조각상인데, 카탐슈드의
요새 궁전 한복판에 서 있지. 그 우상은 혀가 없고, 크기가 집채
만 한 이빨을 드러내며 무시무시하게 웃고 있다더구나."

"괜히 물어봤네요. 안 들었다면 오히려 좋았을걸." 하룬이 말
했습니다.

"잠잠족 병사들은 그 어두운 '어스름 지대'를 돌아다니고 있
었습니다." 라시드가 이야기를 다시 시작했습니다. "그들은 긴
망토를 걸치고 있었는데, 소용돌이치는 망토 자락을 통해 이따
금 희미하게 번득이는 단검이 보였습니다. 잠잠에 대한 이야기
는 모두 아시겠지요! 잠잠은 어둠의 땅, 금지된 책과 잡아 뜯긴
혀, 은밀한 음모와 독물 반지로 가득 찬 나라입니다. 그런데 제
가 왜 그 무시무시한 숙영지 근처에서 얼쩡거리겠습니까? 저는
맨발에다 추워서 파랗게 질려 있었지만, 멀리 지평선에 보이는
희미한 빛을 향해 걸었습니다. 걷다 보니 '떠버리 장벽', 그 '힘의
장벽'에 이르렀습니다. 그런데 그 장벽은 손질이 잘 되어 있지 않
았습니다. 구멍이 숭숭 뚫려 있어서 쉽게 통과할 수 있었어요.

잠잠족은 이것을 벌써 알고 있었습니다. 저는 벽 너머에서 놈들을 보았습니다. 놈들이 바락 공주님을 납치하는 것을 제 눈으로 똑똑히 보았습니다!"

"뭐라고?" 허랑 왕자가 벌떡 일어나, 씩씩하면서도 얼빠진 자세를 취하면서 외쳤습니다. "그 말을 왜 이제야 하나? 제기랄! 계속해. 빨리 계속해." (허랑 왕자가 이런 식으로 말하자, 다른 고관들은 모두 난처한 표정을 지으며 눈을 돌렸습니다.)

"저는 바닷가로 가려고 가시덤불을 헤치며 힘들게 나아가고 있었습니다." 라시드가 말을 이었습니다. "그때 은과 금으로 된 고니 모양의 배가 다가왔습니다. 그 배에는 긴 머리에 황금 머리띠를 두른 젊은 여인이 타고 있었습니다. 그 여인은 노래를 부르고 있었는데, 이런 말을 해서 미안하지만, 그렇게 듣기 싫은 노래는 들어 본 적이 없습니다. 게다가 그 여자의 이와 코는……."

"더 이상 말하지 않아도 돼." '수다의 집' 의장이 가로막았습니다. "바락 공주가 맞아."

"바락, 바락!" 허랑 왕자가 탄식했습니다. "그대의 감미로운 목소리를 다시는 들을 수 없는가? 그대의 아름다운 얼굴을 다시는 볼 수 없는가?"

"거긴 위험 구역인데, 공주는 거기서 뭘 하고 있었나?" 바다 코끼리가 물었습니다.

여기서 물의 정령 만약이 헛기침을 하고 나서 말했습니다.

"아마 모르시겠지만, 수다의 젊은이들은 이따금 '어스름 지대'에 들어갑니다. 가끔, 아니 사실은 자주 들어가지요. 줄곧 햇빛 속에서 살고 있기 때문에 젊은이들은 별과 지구와 다른 달이 하늘에서 빛나는 것을 보고 싶어 합니다. 물론 무모한 짓이지만, '떠버리 장벽'이 지켜 줄 거라고 젊은이들은 생각했습니다. 어둠은 나름대로 매력을 갖고 있지요. 신비로움, 기묘함, 로맨스……."

"로맨스라고?" 허랑 왕자가 칼을 빼 들면서 소리쳤습니다. "추잡한 물의 정령 같으니! 내 칼에 찔리고 싶으냐? 감히 나의 바락이…… 사랑 때문에 그곳에 갔다고 말하다니?"

"아, 아닙니다." 만약이 공포에 질려 외쳤습니다. "천만번 사과드립니다. 그 말은 취소하겠습니다. 왕자님의 기분을 해칠 생각은 없었습니다."

"그 점에 관해서는 조금도 걱정하실 필요가 없습니다." 라시드가 재빨리 허랑 왕자를 안심시켰습니다. 허랑은 천천히, 아주천천히 칼을 칼집에 도로 넣었습니다. "공주님은 시녀들과 함께 있었고, 다른 사람은 아무도 없었으니까요. 모두 '떠버리 장벽'에 대해 이야기하고, 벽에 다가가 만져 보고 싶다면서 키득거리고 있었습니다. 저는 공주님이 이렇게 말하는 것을 들었습니다. '눈에 보이지 않는 그 유명한 벽이 도대체 어떤 느낌인지 알고 싶어. 눈으로 볼 수는 없다 해도 손가락으로 만질 수는 있을 테고, 혀로 맛볼 수도 있을 거야.' 바로 그때였습니다. 바락 공주님도 나도 몰랐지만, 잠잠족 일당이 가시덤불에서 공주님을 지켜보고 있었습니다. 벽에 뚫린 구멍으로 들어온 게 분명합니다. 놈들이 공주님과 시녀들을 붙잡아 잠잠족의 숙영지로 끌고 갔습니다. 발길질을 하고 꽥꽥 소리를 지르면서."

"그걸 보고도 구할 생각은 않고 그냥 숨어 있었다니, 너는 도대체 어떻게 돼먹은 인간이냐?"

바다코끼리와 의장과 장군은 허랑 왕자의 이 말에 불쾌한 표정을 지었고, 하룬은 화가 나서 얼굴이 새빨개졌습니다.

"저 왕자는 어떻게 감히⋯⋯." 하룬이 만약에게 격렬한 말투로 속삭였습니다. "저 칼만 없다면 내가⋯⋯ 내가⋯⋯."

"나도 알아." 물의 정령이 하룬에게 속삭였습니다. "왕자들은 저래도 돼. 하지만 걱정 마라. 여기서 왕자가 뭔가 중요한 일을 할 수는 없으니까. 그건 우리가 허용하지 않아."

"그럼 어떻게 하는 게 좋았을까요?" 라시드가 위엄 있게 허랑 왕자에게 되물었습니다. "무장도 하지 않고, 게다가 잠옷 바람으로 추워서 얼어 죽을 판인데, 그런 제가 낭만적인 바보처럼 숨어 있던 곳에서 뛰쳐나가 포로로 잡히거나 죽었어야 했나요? 그러면 누가 여러분에게 그 소식을 전하죠? 누가 여러분을 잠잠족 숙영지로 안내할 수 있죠? 허랑 왕자님, 영웅이 되고 싶으면 마음대로 하세요. 하지만 영웅적인 행위보다 분별을 택하는 사람들도 있답니다."

"자네가 사과해야겠군, 허랑." 의장이 중얼거렸습니다.

그러자 허랑 왕자는 얼굴을 찡그리고 으스대면서 마지못해 사과했습니다.

"내가 너무 예민했네. 사실은 그 소식을 전해 준 것을 우리 모두 고맙게 생각하고 있다네."

"한 가지 더 알려 드릴 게 있습니다." 라시드가 말했습니다. "잠잠족 병사들이 공주님을 납치해 갈 때 무서운 말을 하는 것을 들었습니다."

"뭔데?" 허랑이 펄쩍펄쩍 뛰면서 외쳤습니다. "놈들이 바락을 모욕했다면……."

"한 놈이 이렇게 말하더군요. '베차반 대축제가 다가오고 있어. 그날 우리의 우상에게 이 수다의 공주를 제물로 바치는 게 어때? 공주의 입술을 꿰매고, 이름도 '조용'으로 바꾸는 거야.' 그러자 모두 낄낄 웃어 댔습니다."

실내가 쥐 죽은 듯 조용해졌습니다. 맨 먼저 입을 연 것은 물론 허랑 왕자였습니다.

"잠시도 낭비할 시간이 없어! 군대를 소집해! 모든 쪽, 모든 장, 모든 권을 소집해! 전쟁이야, 전쟁! 바락을 위하여, 오로지 바락만을 위하여!"

"바락과 바다를 위하여." 바다코끼리가 상기시켰습니다.

"그래요, 그래." 허랑 왕자가 부루퉁하게 말했습니다. "바다도 물론 당연히…… 좋아요."

"원하신다면 제가 잠잠족 숙영지로 안내하지요." 이야기꾼 라시드가 말했습니다.

"고맙네." 허랑이 또다시 라시드의 등을 찰싹 때리면서 외쳤습니다. "아까는 자네를 오해했어. 자네는 훌륭한 투사야."

"아빠가 가시면 저도 따라갈 거예요." 하룬이 아버지에게 말했습니다. "저를 남겨 둔 채 갈 수 있다고는 생각지 마세요."

수다 왕국에서는 낮이 끝없이 계속되었기 때문에, 하룬은 시간이 멈춰 버린 듯한 야릇한 느낌을 받았습니다. 하지만 얼마가 지나자 몸이 기진맥진한 것을 알아차렸습니다. 하룬은 눈꺼풀이 천천히 내려오는 것을 막을 수 없었습니다. 요란한 하품이 하룬의 몸을 지배하자, 그 웅장한 알현실에 있는 사람들이 모두 하룬을 돌아보았습니다. 그래서 라시드는, 하룬에게도 하룻밤 잠자리를 마련해 달라고 부탁했습니다. 하룬은 조금도 졸리지 않다고 항변했지만 서둘러 잠자리로 보내졌습니다. 조잘이가 하룬을 침실로 안내하라는 명령을 받았습니다.

조잘이는 복도를 지나고, 계단을 오르내리고, 다시 복도를 지나고, 출입구를 지나고, 모퉁이를 돌고, 안마당으로 들어갔다 나오고, 발코니로 나가고, 다시 복도를 걸어갔습니다. 걸으면서 그는 끊임없이 바락 공주에 대한 험담을 늘어놓았는데, 잠시도 말을 마음속에 담아 둘 수 없는 것 같았습니다.

"바보 같은 여자야. 만약 내 약혼녀가 하늘의 별을 보고 싶어서, 또는 그 빌어먹을 장벽을 만져 보고 싶어서 '어스름 지대'에 들어가는 정신 나간 짓을 했다가 납치를 당했다면, 그런 여자를 되찾으려고 전쟁을 시작하진 않을 거야. 나 같으면 오히려 시원하게 잘 없어졌다고 좋아할걸. 더구나 그렇게 못생긴 코와 이를 가진 여자라면…… 아니, 그것까지 들먹일 필요도 없어. 그 여자 노래에 대해서는 내가 아직 말하지 않았지만, 얼마나 끔찍한지 넌 아마 믿지 못할 거야. 그런 여자는 썩어 문드러지게 내버려 두면 좋은데, 우리는 그 여자를 찾으러 갔다가 모두 살해되고 말 거야. 어둠 속에서는 앞을 제대로 볼 수 없을 테니까."

"침실에는 언제 도착하지?" 하룬이 물었습니다. "내가 얼마나 더 견딜 수 있을지 모르겠어."

"그리고 이 군복…… 너, 군복에 대해 알고 싶어 했지?" 조잘이는 하룬의 말을 무시하고 말을 이으면서, 계속 기운차게 큰방을 가로지르고 나선계단을 내려가고 통로를 지나갔습니다. "이게 누구의 발상인 줄 알아? 바로 그 여자 바락의 발상이야. 바락은 '왕궁 쪽들의 옷을 통제하기로' 결심했어. 처음에는 우리를 걸어 다니는 '연애편지'로 만들 생각이었지. 그래서 우리는 '달콤한 키스'나 '발랑 까진 불량소녀' 같은 구역질 나는 글을 오랫동안 강제로 입어야 했어. 그러다가 바락의 마음이 바뀌어서, 이

번에는 모든 세계 명작을 약혼자 허랑이 주인공으로 등장하도
록 고쳐 쓰게 했어. 그래서 지금은 알라딘과 알리바바와 신드바
드가 모두 허랑으로 바뀌었지. 너도 충분히 짐작할 수 있겠지
만, 수다족 백성들은 등 뒤에서는 말할 것도 없고 면전에서도
우리를 비웃어."

이윽고 조잘이는 의기양양하게 히죽 웃으면서 웅장한 문 밖에
멈춰 섰습니다.

"여기가 네 침실이야."

그러자 문이 덜컹 열리더니, 근위병들이 조잘이와 하룬의 귀
를 잡고는 가장 깊은 지하 감옥에 처넣기 전에 어서 꺼지라고 위
협했습니다. 그들이 온 곳은 떠버리 임금의 침실이었기 때문입
니다.

"우리가 길을 잃은 거지?" 하룬이 말했습니다.

"여긴 복잡한 궁전이야. 그래서 조금 헷갈렸어." 조잘이는 순
순히 인정했습니다. "하지만 잡담을 나누는 것도 재미있잖아?"

이 말에 분통이 터진 하룬은 기진맥진한 상태에서 조잘이의
머리를 향해 아무렇게나 팔을 휘둘렀습니다. 기습당한 쪽의 머
리에서 적갈색 벨벳 모자가 떨어졌습니다. 모자가 벗겨지자, 반
짝반짝 빛나는 까만 머리가 폭포수처럼 어깨 위로 흘러내렸습
니다. 조잘이는 여자였던 것입니다.

"왜 그랬니?" 조잘이가 울부짖었습니다. "네가 모든 걸 망쳐

버렸어."

"너 여자구나." 하룬은 좀 큰 소리로 말했습니다.

"쉿." 조잘이는 머리카락을 다시 모자 속에 쑤셔 넣으면서 조용히 하라고 말했습니다. "내가 쫓겨나는 꼴을 보고 싶어?" 조잘이는 하룬을 작은 벽감 안으로 끌어들인 다음, 아무도 그들을 보지 못하게 커튼을 쳤습니다. "여자가 이런 직업을 얻기가 쉬운 줄 알아? 여자가 성공하고 싶으면 평생 동안 날마다 사람들을 속여야 한다는 걸 몰라? 너는 남자니까 인생 전체가 접시에 담겨 눈앞에 차려졌을 테고, 은수저로 듬뿍 떠서 한입 가득 먹을 수 있겠지만, 우리는 안 그래. 싸우지 않으면 아무것도 얻을 수 없어."

"그럼 네가 단지 여자이기 때문에 쪽이 될 수 없다는 거야?" 하룬은 졸린 목소리로 물었습니다.

"너는 남이 하라고 시키는 일만 하겠지." 조잘이가 격렬하게 말했습니다. "너는 항상 네 접시에 담긴 음식을 모조리 먹어 치우겠지. 맛없는 꽃양배추까지도. 그리고 너는……."

"나는 말이야, 적어도 남을 침실로 안내하는 간단한 일쯤은 실수 없이 해낼 수 있어."

하룬이 말을 가로챘습니다. 그러자 조잘이가 갑자기 짓궂게 활짝 웃었습니다.

"너는 항상 남이 자라고 할 때 잠자리에 들겠지. 그리고 바로 여기 있는 비밀 통로를 지나 궁전 지붕으로 올라가는 데에는 전혀 관심이 없을 거야."

조잘이가 벽감의 반원형 벽을 이루고 있는 정교하게 조각된 널빤지 속에 숨겨진 단추를 누르자, 그 널빤지가 옆으로 미끄러지면서 계단이 나타났습니다. 계단은 왕궁의 평평한 지붕 위로 통해 있었습니다. 물론 밖에는 여전히 눈부신 햇빛이 쏟아지고 있었습니다. 하룬은 지붕 위에 앉아 수다 왕국을 바라보고, 전쟁 준비가 진행되고 있는 유원지를 바라보고, 수많은 기계 새들이 모여들고 있는 석호를 바라보고, 위기에 놓인 '이야기 바다'를 바라보았습니다. 하룬은 지쳐서 쓰러질 것 같았지만, 이보다 더 완전하게 살아 있다는 실감을 느낀 것은 평생 한 번도 없다는 사실을 불현듯 깨달았습니다. 그리고 바로 그 순간, 조잘이가 말없이 주머니에서 황금색 비단으로 만든 부드러운 공 세 개를 꺼내 공중으로 던졌습니다. 비단공이 햇빛을 받아 반짝반짝 빛났습니다. 조잘이는 그것을 차례로 던지고 받으면서 저글링을 하기 시작했습니다.

조잘이는 등 뒤로도 저글링을 하고, 다리 위와 아래로도 저글링을 하고, 눈을 감고도 저글링을 하고, 누워서도 저글링을 했습니다. 하룬은 감탄하여 말이 나오지 않을 지경이었습니다. 이따금 조잘이는 공을 모두 하늘 높이 던지고는, 주머니에 손을 넣어 부드러운 황금색 공을 또 꺼냈습니다. 조잘이가 돌리는 공은 점점 늘어나 아홉 개, 열 개, 열한 개가 되었습니다. 하룬이 '저 많은 공을 다 돌릴 수는 없어.' 하고 생각할 때마다, 조잘이는 부드러운 비단 태양들이 소용돌이치는 은하계에 더 많은 공을 추가했습니다.

조잘이의 곡예는 하룬에게 아버지의 가장 멋진 공연을 연상시켰습니다.

"이야기를 하는 것은 저글링과 비슷하다고 나는 늘 생각했지." 하룬은 마침내 소리를 내어 말했습니다. "허공에 수없이 다양한 이야기를 띄워 놓고 빙글빙글 돌리는 거야. 솜씨가 좋으면 어떤 이야기도 떨어뜨리지 않아. 그러니까 공 돌리기도 이야기하기의 일종이야."

조잘이는 어깨를 으쓱하고는 황금색 공을 모두 잡아서 주머니에 집어넣었습니다.

"그런 건 잘 몰라. 나는 네가 여기서 상대하고 있는 게 누구인지를 알려 주고 싶었을 뿐이야."

몇 시간 뒤에 하룬은 어두운 방에서 깨어났습니다(조잘이와 하룬은 다른 쪽에게 도움을 청하여 겨우 하룬의 침실을 찾았고, 조잘이가 두꺼운 커튼을 쳐 주고 잘 자라고 말한 지 5초 뒤에 하룬은 잠이 들었습니다).

누군가가 하룬의 가슴 위에 올라앉아 있었습니다. 누군가의 손이 하룬의 목을 감고 힘껏 조르고 있었습니다.

그것은 조잘이였습니다.

"그만 일어나." 조잘이가 위협하듯 속삭였습니다. "그리고 나에 대해서는 아무한테도 말하지 마. 한마디라도 하면, 다음에 네가 잠들었을 때 네 목을 끝까지 조를 거야. 너는 좋은 사내아이일지 모르지만, 나는 아주 나쁜 계집애가 될 수 있어."

"말하지 않을게. 약속해." 하룬이 숨을 헐떡이며 말했습니다.

조잘이는 손을 풀고 히죽 웃었습니다.

"좋아, 하룬 칼리파. 내가 끌어내기 전에 어서 침대에서 나와. 점호할 시간이야. 유원지에서 군대가 집결하고 있어. 행군 개시야."

7
어스름 지대로

잠이 덜 깬 하룬은 하품을 하면서 생각했습니다. '여기서 또 다른 공주 구출 이야기에 말려들게 생겼군. 이번에도 실패하지 않을까.' 하룬이 오래 궁금해할 필요는 없었습니다. 조잘이가 아무렇지도 않게 말했습니다.

"정말 미안하지만, 네가 훔친 절단기를 물의 정령의 긴급 요청으로 네 베개 밑에서 내가 멋대로 빼냈어."

하룬은 깜짝 놀라 미친 듯이 이부자리를 뒤졌지만 절단기는 이미 사라졌고, 아버지의 '이야기 물' 공급 계약을 갱신하기 위해 바다코끼리와 면담할 수단도 함께 사라졌습니다.

"나는 널 친구로 생각했는데⋯⋯."

하룬이 비난하는 투로 말하자 조잘이가 어깨를 으쓱하며 대꾸했습니다.

"어쨌든 네 계획은 완전히 구식이야. 만약 씨가 나한테 전부 말해 줬어. 하지만 너의 아버지가 여기 오셨으니까, 아버지 문제는 아버지가 직접 해결하도록 맡겨 두면 돼."

"너는 몰라." 하룬이 슬픈 얼굴로 말했습니다. "나는 아버지를 위해 그 일을 해 드리고 싶었어."

유원지에서 팡파르를 울리는 나팔 소리가 들렸습니다. 하룬은 침대에서 뛰쳐나와 창가로 달려갔습니다. 아래쪽 유원지에서는 대소동이 벌어지고, 쪽들이 활발하게 움직이고 있었습니다. 꼬챙이처럼 마른 몸에 직사각형 군복을 걸친 수백 명의 쪽들이 실제로 종이처럼 바스락거리면서(다만 종이보다는 훨씬 큰 소리로) 무질서하게 유원지를 이리저리 뛰어다니고, 정확히 어떤 순서로 줄을 서야 하는지에 대해 논쟁을 벌이고 있었습니다.

"내가 네 앞이야!"

"웃기지 마. 그건 말이 안 돼. 내가 앞에 서야 해."

하룬은 쪽마다 숫자가 매겨져 있는 것을 알아차렸습니다. 따라서 순서를 정하는 것은 아주 간단한 문제였습니다. 하룬이 조잘이에게 그렇게 말하자, 조잘이가 대답했습니다.

"현실 세계에서는 문제가 그렇게 간단하지 않아. 같은 번호를 가진 쪽이 많기 때문에, 자기가 몇 권 몇 장에 속하는지를 알아야 돼. 게다가 군복이 잘못된 경우도 많아. 그러면 완전히 잘못된 번호가 적힌 옷을 입게 되지."

하룬은 쪽들이 밀치락달치락 말다툼하고 종주먹을 휘두르고 넘어뜨리면서 서로 방해만 하는 꼴을 지켜보며 말했습니다.

"훈련이 잘된 군대 같진 않구나."

"표지만 보고 책을 판단하면 안 돼." 조잘이가 말했습니다.

그런 다음 (좀 짜증스러운 얼굴로) 자기는 벌써 늦었기 때문에 더는 하룬을 기다려 줄 수 없다고 말했습니다. 물론 하룬은 여전히 자줏빛 헝겊을 댄 빨간색 잠옷을 입은 채, 이도 닦지 않고 머리도 빗지 않고, 조잘이의 주장에 들어 있는 수많은 허점을 지적할 새도 없이, 조잘이를 따라 달려가야 했습니다. 조잘이와 함께 복도를 달려가고, 계단을 오르내리고, 회랑을 지나고, 안마당을 지나고, 다시 복도를 따라 달리면서 하룬은 숨을 헐떡이며 말했습니다.

"어쨌든 나는, 네가 말한 것처럼 표지만 보고 책을 판단하지는 않았어. 나는 모든 쪽을 볼 수 있었으니까. 그리고 여긴 절대로 현실 세계가 아니야."

"아니라고?" 조잘이가 되물었습니다. "그게 바로 너처럼 슬픈 도시에서 자란 애들의 문제점이지. 너는 도랑에 괸 물처럼 탁하고 비참한 곳이어야만 현실적이라고 생각하는 거야."

"부탁이 있는데……" 하룬이 숨을 헐떡이며 말했습니다. "다른 사람한테 길을 물어봐 줄래?"

그들이 유원지에 도착해 보니, 수다 군대—즉 '도서관'—는 하
룬이 침실 창문으로 본 '점호와 대조' 과정을 마치고 이미 질서
정연하게 정렬해 있었습니다.

"나중에 또 보자."

조잘이가 말하고는, 숨을 헐떡이며 적갈색 벨벳 모자를 쓴 근
위대 쪽으로 달려갔습니다. 근위대 쪽들은 허랑 왕자 곁에 단정
히 서 있었고, 왕자는 하늘을 나는 기계 말을 타고 씩씩하게 (하
지만 좀 바보스럽게) 뛰어다니거나 뽐내며 걸어 다니고 있었습
니다.

하룬은 아버지를 쉽게 찾아냈습니다. 라시드도 늦잠을 잔 것
이 분명했고, 하룬처럼 머리가 헝클어져 있었습니다. 게다가 옷
도 구겨지고 더러운 푸른색 잠옷만 입고 있었습니다.

라시드 칼리파는 여기저기 분수가 있는 작은 정자에 서 있었
습니다. 라시드와 나란히 함께 서서 하룬에게 손에 든 절단기를
흔들고 있는 것은 푸른 수염을 기른 물의 정령 만약이었습니다.

하룬은 쏜살같이 달려서 그들이 있는 정자에 제때에 도착했
습니다.

"만나 뵙게 돼서 영광입니다." 만약이 라시드에게 말하고 있
었습니다. "특히 이제는 선생을 '꼬마 도둑의 아버지'라고 부를

필요가 없으니까요."

라시드가 어리둥절하여 얼굴을 찌푸렸을 때, 때마침 도착한 하룬이 서둘러 말했습니다.

"나중에 제가 설명할게요."

그러고는 만약을 매섭게 노려보았습니다. 그 눈빛에는 만약도 주눅이 들어 입을 다물었습니다. 하룬은 화제를 바꾸려고 물었습니다.

"아빠, 제가 새로 사귄 친구들을 만나 보고 싶지 않으세요? 정말로 재미있는 친구들이에요."

"바락 공주와 바다를 위하여!"

수다 군대는 이제 떠날 준비를 모두 마쳤습니다. 쪽들은 석호에서 그들을 기다리고 있는 기다란 '수송 새'에 올라탔습니다. 수상 정원사들과 다구어들도 준비를 갖추었습니다. 다양한 탈것에 올라탄 물의 정령들은 초조하게 구레나룻을 쓰다듬었습니다. 라시드 칼리파는 만약과 하룬을 따라 후투티 하지만의 등에 함께 올라탔습니다. 말끔이와 시끌이와 와글이도 그들 옆에 있었습니다. 하룬은 그들을 아버지에게 소개했습니다. 그들은 커다란 외침 소리와 함께 출발했습니다.

"이런 옷을 입고 오다니, 우린 정말 어리석었어." 라시드가 탄식했습니다. "이런 잠옷만 입고 있으면 몇 시간도 지나기 전에 꽁꽁 얼어 버릴 거야."

"다행히 내가 래미네이션을 가져왔는데……" 물의 정령 만약이 말했습니다. "정중하게 부탁하고 진심으로 고맙다고 말하면 조금 나누어 드릴 수도 있습니다."

"정중하게 부탁드립니다. 정말로 고맙습니다." 하룬이 얼른 말했습니다.

알고 보니 래미네이션은 잠자리 날개처럼 얇고 투명하게 빛나는 옷이었습니다. 하룬과 라시드는 그 옷감으로 만든 긴 셔츠를 잠옷 위에 걸치고, 긴 바지도 입었습니다. 놀랍게도 래미네이션은 잠옷과 다리에 찰싹 달라붙어 완전히 사라진 것처럼 보였습니다. 하룬이 분간할 수 있었던 것은 옷과 살갗에 지금까지 없었던 희미한 광택이 어른거리는 것뿐이었습니다.

"이젠 춥지 않을 겁니다." 만약이 장담했습니다.

그들은 석호를 떠났습니다. 수다 시가 뒤에서 점점 작아지고 있었습니다. 후투티 하지만은 빠르게 달리는 다른 기계 새들과 보조를 맞추었고, 사방에서 물보라가 튀었습니다.

'인생이 이렇게 달라지다니.' 하룬은 속으로 경탄했습니다. '지난주까지만 해도 나는 한 번도 눈을 본 적이 없었는데, 지금은 잠옷 위에 야릇한 투명 옷을 방한복으로 걸치고, 햇빛이 절대 비치지 않는 얼음 벌판으로 가고 있으니 말이야. 이건 프라이팬에서 불 속으로 뛰어드는 거나 마찬가지야.'

"말도 안 돼." 후투티 하지만이 하룬의 마음을 읽고 말했습니다. "냉장실에서 냉동실로 간다는 뜻이겠지."

"믿을 수 없군." 라시드 칼리파가 말했습니다. "후투티가 부리를 움직이지 않고 말하다니."

수다군 함대는 순조롭게 항해하고 있었습니다. 하룬은 처음에 낮게 윙윙거리던 소음이 둔탁하게 웅얼거리는 소리를 거쳐 마침내 우르릉거리는 굉음이 된 것을 알아차렸습니다. 이것이 수다족의 말소리라는 사실을 하룬이 이해하는 데에는 잠시 시간이 걸렸습니다. 수다족의 끊임없는 대화와 토론은 갈수록 격렬해졌습니다. 소리는 물 위에서 잘 전달된다고 하룬은 생각했지만, 이렇게 큰 소리라면 메마르고 황량한 벌판에서도 전달되었을 것입니다. 물의 정령들, 수상 정원사들, 다구어들, 쪽들은 자기네 전략에 대한 찬반양론을 큰 소리로 외쳐 대고 있었습니다.

시끌이와 와글이도 다른 다구어들한테 질세라 그 문제에 대해 시끄럽게 떠들어 댔습니다. '어스름 지대'와 그 너머에 있는 잠잠 나라가 가까워질수록 불평불만에 찬 그들의 부글거리는 외침 소리는 더욱 커져 갔습니다.

"바락을 구한다고? 무슨 뚱딴지같은 생각이야?"

"무엇보다 중요한 건 바다를 구하는 거야!"

"바로 그 계획에 착수해야 돼."

"오염원을 찾아야 해!"

"바다는 무엇보다 중요해."

"어떤 임금의 딸보다도 중요해."

하룬은 좀 충격을 받았습니다.

"저건 반역적인 말처럼 들리는데……."

하룬이 넌지시 말하자, 만약과 시끌이와 와글이와 말끔이도 그 말에 흥미를 보였습니다.

"'반역적인'이라고? 그게 뭐지?" 만약이 호기심에 찬 얼굴로 물었습니다.

"식물이야?" 말끔이가 물었습니다.

"잘 모르나 본데, 그건 형용사야." 하룬이 애써 설명했습니다.

"말도 안 돼. 형용사는 말을 할 수 없어." 물의 정령이 말했습니다.

"돈이 말을 한다는 말도 있잖아요." 하룬은 자기도 어느새 논쟁을 하고 있다는 것을 깨달았습니다(주위에서 벌어지고 있는 논쟁은 전염성이었습니다). "그런데 왜 형용사는 말을 하면 안 되죠? 형용사뿐만 아니라 뭐든지 다 마찬가지 아닌가요?"

모두 부루퉁한 표정으로 잠시 입을 다물고 있다가, 다시 그날의 쟁점으로 화제를 돌렸습니다. 바락 공주를 구하는 것이 먼저인가, 바다를 구하는 것이 먼저인가? 라시드 칼리파가 하룬에게 눈짓을 보냈습니다. 하룬은 짓눌렸던 기분이 조금 나아졌습니다.

수송 새에서도 열띤 논쟁 소리가 물을 건너 들려왔습니다.

"바락을 구출할 가망은 전혀 없어! 그건 기러기를 추적하는 거나 마찬가지야."

"그래. 게다가 바락은 겉모습도 기러기를 닮았어."

"어떻게 감히 그런 소리를? 바락은 우리가 사랑하는 공주님이야. 장차 존경스러운 허랑 왕자님의 아름다운 신부가 되실 분이라고!"

"아름답다고? 그 목소리, 그 코, 그 이를 잊어버렸어?"

"좋아, 됐어. 그것까지 들먹일 필요는 없잖아."

하룬은 허랑 왕자의 기계 말과 비슷한 날개 달린 말에 올라탄 서책 장군이 이 수송 새에서 저 수송 새로 휙휙 날아다니면서 다양한 토론에 귀를 기울이고 있는 것을 알아차렸습니다. 쪽들과 그 밖의 수다 시민들에게는 분명 자유가 허용되어 있었기 때문에, 늙은 서책 장군은 모욕적이고 반항적인 그들의 열변에 눈썹 하나 까딱하지 않고 기꺼이 귀를 기울이는 것 같았습니다. 그뿐만 아니라 하룬이 보기에는 서책 장군이 그런 논쟁을 부추기는 경우도 많아 보였습니다. 그렇게 논쟁을 붙여 놓고 자신도 신 나게 끼어들어, 때로는 이쪽을 편들고 때로는 (그냥 재미로) 그것과 정반대의 견해를 밝히는 것이었습니다.

'무슨 군대가 이래?' 하룬은 생각했습니다. '지구에서 군인이 이런 식으로 행동했다가는 당장 군법회의에 회부될 거야.'

"하지만 하지만 하지만 언론의 자유를 주어 놓고 그 자유를 활용하지 말라면, 언론의 자유를 주는 의미가 뭐지?" 후투티 하지만이 연설조로 말했습니다. "그리고 언론의 힘은 모든 힘 중에서 가장 센 힘이잖아? 그렇다면 그 힘을 충분히 행사해야 하지 않을까?"

"오늘은 확실히 그 힘을 많이 행사하고 있군." 하룬이 대답했습니다. "너희 수다족은 생사가 달린 비밀도 지킬 수 있을 것 같지 않아."

"하지만 생사가 달린 비밀을 '말할' 수는 있겠지." 만약이 대답했습니다. "예를 들면 나는 흥미롭고 재미난 비밀을 많이 알고 있어."

"나도 그래요. 그럼 어디 시작해 볼까?" 후투티 하지만이 부리를 움직이지 않고 말했습니다.

"아니야. 시작하면 안 돼." 하룬이 단호하게 말했습니다.

"하룬 칼리파, 정말 재미난 친구들을 사귀었구나." 라시드 칼리파가 기쁜 얼굴로 말했습니다.

그렇게 수다군 함대는 왁자지껄 소란스럽게 전진했습니다. 대원들은 모두 서책 장군의 은밀한 작전(물론 서책 장군은 누구든 알고 싶어 하는 자에게는 기꺼이 작전을 알려 주었습니다)을 분석하고 비평하느라 바빴습니다. 그들은 작전을 항목별로 분류하여 철저히 검토하고, 분석하고, 깊이 생각하고, 곱씹어 생각하고, 중요하게 또는 하찮게 생각하고, 끝없는 논쟁을 벌인 끝에 의견 일치를 보기도 했습니다. 하룬과 마찬가지로 그런 산만한 대화의 가치를 의심하기 시작한 라시드 칼리파가 그것이 과연 현명한 일이냐고 과감하게 문제를 제기하자, 만약과 하지만, 말끔이와 시끌이와 와글이는 라시드가 제기한 문제에 대해서도 똑같은 정력과 열정으로 논쟁을 벌이기 시작했습니다.

허랑 왕자만 초연했습니다. 그는 하늘을 나는 기계 말을 타고 선두에서 군대를 이끌고 있었지만, 말은 한 마디도 하지 않고, 왼쪽도 오른쪽도 돌아보지 않고, 먼 지평선만 뚫어지게 바라보고 있었습니다. 그는 논쟁할 필요가 없었습니다. 그에겐 바락 공주가 무엇보다 우선이었습니다. 그 문제는 논의할 여지가 없었습니다.

'다른 수다족은 무엇이든 결정을 내리려면 영원처럼 긴 시간이 걸리는 것 같은데, 저 허랑 왕자는 어떻게 저런 확신을 가질 수 있는 걸까?' 하룬은 궁금했습니다.

하룬 옆에서 물 위를 성큼성큼 걷고 있던 수상 정원사 말끔이가 도톰한 라일락 입술을 통해 꽃 같은 목소리로 대답했습니다.

"그건 사랑이야. 모두 다 사랑 때문이야. 사랑은 멋지고 경이로운 것이지만, 대단히 어리석은 것이 될 수도 있지."

햇빛이 천천히 약해지더니, 이윽고 급속히 어두워졌습니다.

드디어 '어스름 지대'에 들어온 것입니다!

하룬은 어둠이 먹구름처럼 모여 있는 먼 곳을 바라보면서 용기가 점점 약해지는 것을 느꼈습니다. '이 우스꽝스러운 함대로 어떻게 저 세계에서 성공할 수 있겠어? 저곳에는 햇빛이 없어서 적을 볼 수도 없는데.' 하룬은 절망했습니다. 잠잠 나라 해안이 다가올수록 잠잠 군대가 더욱 만만찮게 여겨졌습니다. 이것은 자살 행위나 마찬가지라고 확신하게 되었습니다. 우리는 패할 것이고, 바락은 죽을 것이고, 바다는 돌이킬 수 없이 황폐해질 것이고, 모든 이야기는 완전히 끝나 버릴 것이라고 하룬은 생각했습니다. 자줏빛으로 어둑해진 하늘은 다가오는 운명을 체념하고 있는 하룬의 기분을 반영하고 있었습니다.

"하지만 하지만 하지만 이 일을 심각하게 받아들이지 마." 후투티 하지만이 상냥하게 참견했습니다. "너는 '심장 그림자'에 시달리고 있어. '어스름 지대'와 그 너머에 있는 어둠을 처음 보는 사람은 대부분 그렇게 되지. 나는 물론 심장이 없으니까 그런 고통은 받지 않아. 그것도 기계가 지니는 또 하나의 이점이지. 하지만 하지만 하지만 걱정 마. 너도 곧 적응하게 될 테니까. 일시적인 현상일 뿐이야."

그러자 라시드 칼리파가 말했습니다.

"밝은 면을 보자면, 이 래미네이션은 확실히 효과가 있어. 추위를 전혀 느낄 수 없으니까 말이다."

시끌이와 와글이는 점점 더 심하게 기침을 하고 부글거리는 소리를 냈습니다. 잠잠 나라의 해안선이 보이기 시작했습니다. 정말 황량해 보였습니다. 이곳 해안은 하룬이 지금까지 본 '이야기 바다'에서 가장 더러운 상태였습니다. 독은 '이야기 흐름'의 색깔을 죽이는 효과가 있어서, 다채로운 색깔들이 모두 칙칙한 잿빛으로 흐려져 있었습니다. '이야기 흐름'에서 가장 중요한 부분―박진감, 경쾌함, 생생함―은 색깔 속에 암호로 기록되어 있었습니다. 따라서 색깔을 잃는 것은 엄청난 손실입니다. 그보다 더 큰 문제는 이곳의 바다가 온기를 거의 다 잃어버렸다는 것입니다. 이곳의 바닷물에서는 사람을 환상적인 꿈으로 가득 채워 줄 수 있는 그 부드럽고 미묘한 수증기가 더 이상 피어오르지 않았습니다. 이곳 바닷물을 만져 보니 차갑고 게다가 진득거렸습니다.

독은 바다를 차갑게 만들고 있었습니다.

시끌이와 와글이는 공포에 사로잡혔습니다.

"이런 상태가 계속되면 (딸꾹, 콜록콜록) 우리 모두 끝장이야!"

"바다가 (콜록콜록, 딸꾹) 얼어 버릴 거야!"

이윽고 잠잠 해안에 상륙하는 순간이 왔습니다.

그 어슴푸레한 해안에서는 어떤 새도 노래를 부르지 않았습니다. 바람도 불지 않았습니다. 어떤 목소리도 들리지 않았습니

다. 바닷가의 자갈을 밟아도 소리가 나지 않았습니다. 소리를
죽이는 정체불명의 물질이 자갈을 뒤덮고 있었습니다. 공기는
퀴퀴하고 고약한 냄새를 풍겼습니다. 잎이 다 떨어진 앙상한 나
무 주위에 가시덤불이 무리 지어 있었습니다. 하얀 껍질로 덮인
나무들은 창백한 유령처럼 보였습니다. 많은 그림자가 마치 살
아 있는 듯했습니다. 하지만 수다족은 상륙할 때 공격당하지 않
았습니다. 자갈 깔린 해변에서는 어떤 충돌도 일어나지 않았습
니다. 덤불 속에는 저격수가 숨어 있지 않았습니다. 그곳에 있는
것은 적막과 추위뿐이었습니다. 침묵과 어둠은 때를 기다리고
있는 것 같았습니다.

"놈들은 우리를 어둠 속으로 더 깊이 꾀어 들일수록 승산이
높아져." 라시드가 침울한 목소리로 말했습니다. "놈들은 바락
을 잡고 있으니까 우리가 오리라는 걸 알고 있어."

'사랑은 어떤 것도 이겨 낸다고 생각했어.' 하룬이 생각했습니
다. '하지만 이번 경우에는 사랑이 우리 모두를 웃음거리로 만
들거나 찍소리 못하게 할 수도 있을 것 같아.'

수다 군대는 해안에 교두보를 확보하고, 천막을 세워 첫 번째
숙영지를 만들었습니다. 서책 장군과 허랑 왕자는 조잘이를 보
내 라시드 칼리파를 불렀습니다. 하룬은 조잘이를 다시 만난 것
을 기뻐하며 아버지를 따라갔습니다. 허랑은 한껏 으스대는 태
도로 소리쳤습니다.

"이야기꾼. 이젠 당신이 우리를 잠잠족 숙영지로 안내해야 할 때가 되었소. 매우 중대한 일이 진행되고 있소! 바락 공주를 구출하는 일은 잠시도 지체할 수 없어요!"

하룬과 조잘이는 서책 장군과 허랑 왕자와 '허풍 대왕'과 함께 부근을 정찰하기 위해 몰래 가시덤불을 헤치고 나아갔습니다. 얼마 후 라시드는 걸음을 멈추고 말없이 앞을 가리켰습니다.

앞에는 작은 빈터가 있고, 나뭇잎 하나 없는 그 숲속의 빈터에 사람이 하나 있었습니다. 거의 그림자처럼 보이는 그는 칼날이 밤처럼 까만 칼을 들고 있었습니다. 그는 혼자였지만, 눈에 보이지 않는 적과 싸우고 있는 듯 몸을 이리저리 돌리고 펄쩍펄쩍 뛰고 발길질을 하고 칼을 끊임없이 휘둘렀습니다. 그에게 좀 더 가까이 다가갔을 때, 하룬은 그가 실제로 자기 그림자와 싸우고 있다는 것을 알았습니다. 그리고 그림자도 주인과 똑같은 기량을 발휘하여 똑같이 사납고 진지하게 주인과 맞서 싸우고 있었습니다.

"보세요." 하룬이 속삭였습니다. "그림자의 움직임이 주인과 일치하지 않아요."

라시드는 눈짓으로 조용히 하라고 말했지만, 하룬의 말은 사실이었습니다. 그림자는 분명 독자적인 의지를 가지고 있었습니다. 그림자는 주인의 공격을 재빨리 피하고 머리를 획 숙였습니다. 몸을 길게 늘여 석양의 마지막 햇살이 만든 그림자처럼 길어지기도 하고, 몸을 한껏 웅크려 해가 정수리 위에 오는 한낮의 그림자처럼 짧아지기도 했습니다. 그림자가 든 칼도 길어졌다가 오그라들고, 몸은 끊임없이 뒤틀리고 모양이 바뀌었습니다. 저런 상대와 싸워 이기는 건 도저히 바랄 수 없겠다고 하룬은 생각했습니다.

그림자는 전사의 발에 붙어 있었지만, 그것만 빼고는 완전히 자유로워 보였습니다. 어두운 세상에서는 그림자가 수많은 그림자들 속에 숨어서 살기 때문에, 일반적인 밝은 세상의 그림자는 꿈도 꿀 수 없는 힘을 얻는 것 같았습니다. 그것은 정말 무시무시한 광경이었습니다.

전사도 인상적인 인물이었습니다. 뒤로 빗어 넘겨 말꼬리처럼 묶은 매끄러운 머리털은 허리까지 길게 늘어져 있었습니다. 얼굴은 초록색으로 칠했고, 입술은 새빨갛고, 눈과 눈썹은 과장되게 새까맣고, 뺨에는 하얀 줄무늬가 그려져 있었습니다. 가슴에는 가죽 보호대를 대고, 넓적다리와 어깨에도 두꺼운 보호대를 댄 육중한 전투복을 입고 있어서, 몸이 실제보다 훨씬 커 보였습니다. 게다가 운동선수처럼 민첩한 몸놀림과 칼 솜씨는 하룬이 여태껏 본 적도 없을 만큼 뛰어났습니다. 그의 그림자가 어떤 수를 써도 전사는 당황하지 않았습니다. 전사와 그림자가 발가락을 맞대고 서로 싸우는 동안, 하룬은 그들의 전투를 아름답고 우아한 춤으로 생각하기 시작했습니다. 하지만 그것은 완전한 침묵 속에서 추는 춤이었습니다. 음악은 춤추는 전사와 그림자의 머릿속에서만 연주되고 있었기 때문입니다.

그때 하룬은 전사의 눈을 언뜻 보고 심장이 오싹했습니다. 얼마나 무시무시한 눈인가! 눈은 흰자위가 없고 온통 새까맸습니다. 홍채는 해 질 녘의 어스름처럼 회색이었고, 눈동자는 우유처럼 하얀색을 띠고 있었습니다.

'잠잠족이 어둠을 좋아하는 것도 당연하군.' 하룬은 사정을 이해했습니다. '햇빛 속에서는 박쥐처럼 앞을 보지 못할 거야. 눈이, 깜박 잊고 인화하지 않은 필름처럼 흑백이 완전히 거꾸로 되어 있으니까.'

'그림자-전사'의 칼춤을 구경하면서 하룬은 자신이 말려든 이 이상한 모험에 대해 생각했습니다. '수다 나라와 잠잠 나라의 이 전투에는 서로 대립하는 것이 얼마나 많은가!' 하룬은 경탄했습니다. '수다는 밝고 잠잠은 어두워. 수다는 따뜻하고 잠잠은 얼어붙을 듯이 추워. 수다는 온통 시끄러운데 잠잠은 그림자처럼 조용해. 수다족은 바다를 사랑하지만 잠잠족은 바다를 오염시키려고 애쓰지. 수다족은 이야기와 말을 사랑하는데 잠잠족은 그런 것들을 증오하는 것 같아.' 이 전쟁은 사랑(바다에 대한 사랑, 공주에 대한 사랑)과 죽음(카탐슈드가 꾀하고 있는 바다의 죽음과 공주의 죽음)의 전쟁이었습니다.

'하지만 문제는 그렇게 간단하지 않아.' 하룬은 다시 속으로 생각했습니다. 그림자-전사의 춤은 (말이 상스럽고 추할 수 있듯이) 침묵도 나름대로 우아하고 아름답다는 것, 몸짓도 말만큼 고상할 수 있다는 것, 어둠의 생물도 빛의 자식들만큼 사랑스러울 수 있다는 것을 하룬에게 보여 주었기 때문입니다. '수다족과 잠잠족이 서로 미워하지 않는다면 상대가 아주 흥미로운 존재라는 것을 실제로 깨달을 수도 있을 텐데. 극과 극은 서로 끌린다잖아.'

바로 그 순간, 그림자-전사의 몸이 뻣뻣해졌습니다. 그는 수다족 일행이 숨어 있는 덤불을 기묘한 눈으로 홱 돌아보고는 자신의 그림자를 길게 뻗어 그들 쪽으로 보냈습니다. 그림자는 엄청나게 길어진 칼을 들고 그들 위로 섰습니다. 그림자-전사는 칼을 칼집에 집어넣고(하지만 그림자는 여전히 칼을 들고 있었습니다) 그들이 숨어 있는 곳으로 천천히 다가왔습니다. 그의 두 손은 분노나 증오의 춤을 추듯 격렬하게 움직이고 있었습니다. 그의 손놀림은 점점 빨라지고 강해졌습니다. 이윽고 그는 진저리가 난다는 듯 두 손을 축 늘어뜨리고 (놀랍게도!) 말을 하기 시작했습니다.

8
그림자-전사

그림자-전사가 소리를 내려고 안간힘을 쓰자, 가뜩이나 인상적인 얼굴(초록색 피부, 새빨간 입술, 하얀 줄무늬가 그려진 뺨)이 무시무시하게 일그러진 모습으로 뒤틀렸습니다.

"고골골." 이것은 목을 울리는 소리였습니다.

"쿨럭쿨럭." 이것은 기침 소리와 비슷했습니다.

"도대체 저게 뭐야? 무슨 소리를 하고 있는 거지?" 허랑 왕자가 큰 소리로 물었습니다. "한 마디도 알아들을 수가 없군."

"왜 저렇게 까부는지 모르겠어." 조잘이가 하룬에게 속삭였습니다. "허랑 말이야. 난폭하게 떠들어 대면 자기가 겁이 나서 죽을 지경인 것을 우리가 눈치채지 못할 줄 알고 저러는 거야."

하룬은 조잘이가 허랑 왕자를 그렇게 경멸하면서 왜 계속 그를 섬기는지 궁금했지만, 잠자코 있었습니다. 그런 질문을 했다가 조잘이한테 무시당하고 싶지 않았고, 조잘이를 무척 좋아하게 되었기 때문입니다. 그래서 조잘이의 의견이라면 뭐든지 옳게 여겨졌던 것입니다. 하지만 가장 큰 이유는 큰 칼을 든 거대한 '그림자'가 기분 나쁘게 다가오고 있었고, 몇 발짝 떨어진 곳에서 전사가 툴툴거리며 으르렁대고 있었기 때문입니다. 요컨대 잡담을 나눌 때가 아니었습니다.

"잠잠족이 정말로 교주의 포고령 때문에 말을 하지 않는다면, 저 전사가 자기 목소리를 일시적으로 통제할 수 없게 되었다 해도 놀랄 일은 아닙니다." 라시드 칼리파가 허랑 왕자에게 설명했지만, 왕자는 시큰둥한 표정을 지었습니다.

"그것 참 안됐군." 허랑이 말했습니다. "왜 사람들이 말을 제대로 못 하는지, 정말 알 수가 없다니까."

그림자-전사는 왕자의 말을 무시하고 라시드에게 더 빠른 손짓을 하면서 쉰 목소리로 몇 마디를 간신히 뱉어 냈습니다.

"무더 아래로 혀르 말여."

"무더? 아래로 파묻으라고? 혀를 말리라고? 그러니까 이놈이 꾀하고 있는 건 살인이군." 허랑 왕자가 칼 손잡이를 잡으면서 외쳤습니다. "놈이 제멋대로 하게 내버려 두진 않겠다. 그 점은 내가 약속하지."

"허랑." 서책 장군이 말했습니다. "제발 좀 조용히 해 주겠나? 이 전사는 우리한테 뭔가 말하려 애쓰고 있어."

그림자-전사는 더욱 필사적으로 손짓을 했습니다. 손가락을 다양한 위치로 비비 틀고, 두 손을 다양한 각도로 들어 올리고, 제 몸의 여러 부위를 가리키면서 쉰 목소리로 같은 말을 되풀이했습니다.

"무더, 무더, 아래로 혀르 말여."

라시드 칼리파가 이마를 탁 때리면서 외쳤습니다.

"알았어요! 나도 정말 바보로군. 이 전사는 줄곧 유창하게 말하고 있었는데."

"웃기는 소리!" 허랑 왕자가 끼어들었습니다. "저 끙끙대는 소리가 유창하다는 거요?"

"손짓 말입니다." 라시드는 허랑의 말에 상당한 인내심을 보이면서 대답했습니다. "이 전사는 지금 몸짓언어를 쓰고 있어요. 그가 한 말은 '무더'가 아니라 '무드라'입니다. 이 전사의 이름이에요. 자신을 소개하려고 그렇게 애쓴 것입니다! '아래로 혀르 말여'는 '아라리요를 말해'라는 뜻이고요. '아라리요'는 세상에서 가장 오래된 몸짓언어인데, 저는 마침 그 언어를 알고 있습니다."

무드라와 그의 그림자는 당장 고개를 끄덕였습니다. 이제는 그림자도 칼을 칼집에 집어넣고, 주인만큼 빠르게 몸짓언어로 말하기 시작했습니다. 그래서 라시드는 간청해야 했습니다.

"잠깐만 기다려. 그렇게 한꺼번에 말하지 말고, 교대로 말해. 그리고 천천히 말해. 나는 오랫동안 그 말을 쓰지 않았기 때문에, 너무 빨리 말하면 따라갈 수가 없어."

라시드는 무드라와 그림자의 손짓을 잠시 '들은' 다음, 빙긋 웃으면서 서책 장군과 허랑 왕자를 돌아보았습니다.

"걱정하실 것 없습니다. 무드라는 우리의 친구예요. 게다가 여기서 이렇게 만난 건 정말 행운입니다. 무드라는 잠잠의 챔피언 전사니까요. 대부분의 잠잠족은 무드라를 카탐슈드에 버금가는 권력자로 생각한답니다."

"무드라가 카탐슈드 밑에 있는 제2인자라고?" 허랑 왕자가 외쳤습니다. "그렇다면 우리는 정말 운이 좋군. 무드라를 붙잡아 쇠사슬로 꽁꽁 묶어 놓고, 바락을 무사히 돌려보내야만 무드라를 풀어 주겠다고 교주한테 전합시다."

"어떻게 무드라를 사로잡을 생각인가?" 서책 장군이 조용히 물었습니다. "무드라는 붙잡히고 싶어 하지 않을 텐데. 에헴."

"제 말 좀 들어 보세요." 라시드가 간청했습니다. "무드라는 더 이상 교주의 동맹자가 아닙니다. 혀 없는 얼음 우상 베차반을 숭배하는 교단이 점점 잔인해지고 광신적이 되어 가는 데 정나미가 떨어져서 카탐슈드와 관계를 끊었어요. 그리고 앞으로 어떻게 할 것인지를 생각하려고 이 어스레한 황무지로 왔던 것이고요. 원하신다면 무드라의 '아라리요'를 통역해 드릴 수 있습니다."

서책 장군이 고개를 끄덕이자 무드라가 '말하기' 시작했습니다. 하룬은 몸짓언어가 두 손으로만 이루어지지 않는다는 것을 알아차렸습니다. 발의 위치도 중요했고, 눈의 움직임도 중요했습니다. 게다가 무드라는 초록색으로 칠한 얼굴의 모든 근육을 놀랄 만큼 잘 움직일 수 있었습니다. 그래서 마음대로 얼굴의 일부를 눈에 띄게 씰룩거리거나 잔물결을 일으킬 수 있었습니다. 이것도 그의 언어인 '아라리요'의 일부였습니다.

"모든 잠잠족이 카탐슈드를 추종하거나 베차반을 숭배하는 것은 아닙니다." 무드라는 조용히 춤추는 듯한 몸짓으로 '말했습니다'(그리고 라시드는 그의 '말'을 보통 언어로 통역했습니다). "대부분의 잠잠족은 교주의 강력한 마력에 겁을 먹고 있을 뿐입니다. 하지만 교주가 지면, 잠잠족은 대부분 나한테 돌아설 것입니다. 그리고 나와 그림자는 전사지만 둘 다 평화를 사랑합니다."

이제는 그림자가 '말할' 차례였습니다. 그도 역시 라시드의 통역으로 '말하기' 시작했습니다.

"잠잠 나라에서는 그림자와 주인이 대등하다는 점을 이해해야 합니다. 잠잠족은 어둠 속에서 살고 있는데, 어둠 속에서는 그림자가 항상 하나의 모습이어야 할 필요가 없습니다. 일부는 마음만 먹으면 원하는 형태로 제 모습을 바꾸는 법을 배웁니다. 나도 그 요령을 익힌 그림자들 가운데 하나지요. 그 이점을 상상해 보세요! 자기가 달라붙어 있는 주인의 패션 감각이나 헤어스타일이 마음에 들지 않으면, 그림자가 스스로 스타일을 바꿀 수 있지요! 잠잠족의 그림자는 주인이 촌뜨기 같아도 댄서처럼 멋질 수 있습니다. 아시겠어요? 게다가 잠잠 나라에서는 그림자가 제 주인이나 자아나 본체보다 더 강한 개성을 갖는 경우가 많아요. 그래서 그림자가 앞에서 이끌고, 주인이나 본체가 뒤에서 따라가는 경우도 많습니다. 물론 그림자와 주인이나 본체 사이에 다툼이 일어날 수도 있지요. 서로 반대 방향으로 나아갈 수도 있고요. 그런 일을 얼마나 자주 보았는지 모릅니다! 하지만 그림자와 본체가 진정으로 협력하고 서로 존중하는 경우도 많습니다. 따라서 잠잠족의 평화는 곧 그림자들의 평화를 의미합니다. 그리고 그림자들 사이에서도 카탐슈드는 골치 아픈 문제를 일으켰지요."

전사 무드라가 다시 말을 이어받았습니다. 그의 손짓은 점점 빨라졌고, 얼굴 근육은 흥분한 나머지 격렬하게 씰룩거렸습니다. 두 다리는 민첩하게 춤을 추었습니다. 라시드는 그의 몸짓말을 놓치지 않으려고 무진 애를 써야 했습니다.

"카탐슈드의 흑마술은 무서운 결과를 낳았습니다." 무드라가 폭로했습니다. "그는 흑마술에 너무 깊이 빠져들어, 스스로 그림자처럼 되어 버렸습니다. 모습을 마음대로 바꿀 수 있고, 사람보다 그림자에 더 가까운 암흑의 존재가 된 것이지요. 그런데 그가 그림자처럼 되어 갈수록 그의 그림자는 점점 더 사람처럼 되어 갔습니다. 나중에는 어느 것이 카탐슈드의 그림자이고 어느 것이 카탐슈드의 본체인지 분간할 수 없는 단계에 이르렀습니다. 카탐슈드가 그림자에서 자신을 떼어 냈기 때문이지요! 그것은 어떤 잠잠족도 지금까지 꿈꾸어 본 적 없는 일이었습니다. 카탐슈드는 그림자 없이 어둠 속을 돌아다니고, 그의 그림자는 그림자대로 가고 싶은 곳이면 어디든 마음대로 갑니다. 카탐슈드는 동시에 두 곳에 존재할 수 있게 된 것이지요!"

바로 그 순간, 그림자-전사를 숭배하는 눈으로 바라보고 있던 조잘이가 불쑥 말했습니다.

"그건 세상에서 가장 나쁜 소식이군요! 카탐슈드를 한 번 이기는 것도 불가능했을 텐데, 이제는 그놈을 두 번 이겨야 한다는 말인가요?"

"그렇습니다." 무드라의 그림자가 단호한 몸짓으로 말했습니다. "게다가 두 배가 된 이 새로운 카탐슈드, 인간-그림자이자 그림자-인간인 카탐슈드는 잠잠족과 그림자들 사이의 우정에도 아주 해로운 영향을 미쳤습니다. 이제 많은 그림자들이 잠잠족의 발에 매달려 있는 데 분개하고 있지요. 그래서 많은 다툼이 일어나고 있는 것입니다."

"슬픈 시대입니다." 무드라가 몸짓으로 말을 맺었습니다. "잠잠족은 이제 자신의 그림자조차 믿을 수 없게 됐으니까요."

서책 장군과 허랑 왕자가 무드라와 그의 그림자가 한 '말'을 곰곰 생각하는 동안 침묵이 흘렀습니다. 이윽고 허랑 왕자가 불쑥 말했습니다.

"우리가 왜 이놈을 믿어야 하지? 이놈은 지도자를 배신했다고 스스로 인정했잖아. 우리가 지금 꼭 배신자와 거래해야 하나? 이게 또 다른 배신이 아니라는 걸 어떻게 알지? 이것도 교묘하게 꾸민 일종의 함정일 수 있잖아."

하룬이 보고 판단한 대로 서책 장군은 무척 온화한 인물이어서 유익한 논쟁조차 좋아하지 않았지만, 지금은 얼굴을 붉히고 좀 화가 난 듯이 보였습니다.

"제기랄." 마침내 서책 장군이 말했습니다. "여기서는 내가 지휘관이니까 자네는 입 다물고 가만히 있게. 그러지 않으면 자네를 수다 시로 돌려보내고, 누군가 다른 사람이 자네를 대신해서 바락을 구출해야 할 걸세. 자네도 그걸 바라지는 않겠지. 물론 싫을 거야."

조잘이는 이 비난을 기뻐하는 것 같았습니다. 허랑은 험악한 표정을 지었지만 입을 다물었습니다.

그것은 다행이었습니다. 무드라의 그림자가 허랑의 말에 격분하여 변신을 시작했기 때문입니다. 거대해진 그림자는 제 몸을 할퀴어 여러 가지 괴물로 둔갑했습니다. 불을 내뿜는 용, 사자 몸뚱이에 독수리의 머리와 날개가 달린 그리핀, 눈빛이나 입김으로 사람을 죽이는 바실리스크, 머리는 사람이고 몸은 사자인 맨티코어, 북유럽 전설에 나오는 동굴 속의 거인 트롤의 윤곽이 차례로 나타났습니다. 그림자가 이렇게 흥분하여 변신을 거듭하는 동안, 무드라는 몇 걸음 뒤로 물러나 나무 그루터기에 몸을 기대고는 손톱을 들여다보고 하품을 하고 좌우의 엄지손가락을 빙빙 돌리면서 정말로 몹시 따분해진 체했습니다.

'이 전사와 그림자는 멋진 팀이야.' 하룬은 생각했습니다. '서로 정반대되는 행동을 하니까, 진짜 기분이 어느 쪽인지 아무도 몰라. 물론 이도 저도 아닌 제3의 기분일 수도 있겠지.'

서책 장군이 지나칠 만큼 정중한 태도로 무드라에게 다가갔습니다.

"무드라, 그러지 말고 우리를 도와주겠나? 잠잠의 어둠 속에서는 일이 쉽지 않을 거야. 자네 같은 친구가 도와주면 해낼 수 있어. 자네는 훌륭한 전사니까. 어떤가?"

무드라가 거닐면서 생각하는 동안, 허랑 왕자는 빈터 가장자리에 벌레 씹은 얼굴로 서 있었습니다. 이윽고 무드라가 또다시 몸짓으로 말하기 시작했습니다. 라시드가 그의 '말'을 통역했습니다.

"예, 도와 드리죠." 그림자-전사가 말했습니다. "교주는 반드시 물리쳐야 하니까요. 하지만 당신들이 내려야 할 결정이 있습니다."

"나는 그게 뭔지 알아." 조잘이가 하룬에게 속삭였습니다. "그건 우리가 출발하기 전에 내렸어야 하는 결정이야. 무엇을 먼저 구할 것인가? 바락이냐 아니면 바다냐? 그런데……" 조잘이가 살짝 얼굴을 붉히면서 덧붙였습니다. "저 사람 대단하지 않니? 멋지고 무섭고 날카롭잖아? 무드라 말이야."

"네가 누구를 말하는지는 나도 알고 있어." 하룬은 가슴이 아팠습니다. 그것은 어쩌면 질투였는지도 모릅니다. "그래, 무드라는 괜찮은 것 같아."

"괜찮다고?" 조잘이가 속삭였습니다. "그것뿐이야? 겨우 그렇게밖에 말할 수……."

하지만 여기서 조잘이는 말을 끊었습니다. 라시드가 무드라의 '말'을 통역하고 있었기 때문입니다.

"아까도 말했듯이 지금은 카탐슈드가 둘 있습니다. 하나는 지금 잠잠 요새에 바락 공주를 붙잡아 놓고, 베차반 축제 때 공주의 입술을 꿰매 버릴 계획을 세우고 있지요. 또 하나는 '고전 구역'에 있는데, 거기서 '이야기 바다'를 파멸시킬 음모를 꾸미고 있답니다."

허랑 왕자가 갑자기 고집스럽게 나왔습니다.

"장군께서 뭐라 해도 바다보다 사람을 우선해야 돼요. 바다와 사람이 둘 다 엄청난 위험에 빠져 있다 해도 말입니다! 바락을 먼저 구해야 합니다. 바락, 나의 약혼녀, 내 하나뿐인 사랑. 바락의 앵두 같은 입술을 교주의 바늘로부터 구해야 합니다. 더는 한시도 지체할 수 없어요! 당신들은 뭐요? 당신들 혈관에는 피가 흐르지 않나요? 장군님, 그리고 무드라 씨, 당신들은 인간입니까, 아니면…… 아니면…… 그림자입니까?"

"그림자들을 더 이상 모욕할 필요는 없습니다." 무드라의 그림자가 조용히 위엄 있는 몸짓으로 말했습니다. (허랑은 그것을 본 체도 하지 않았습니다.)

"좋아." 서책 장군이 동의했습니다. "젠장, 좋다고. 하지만 누군가를 보내서 '고전 구역'의 상황을 조사해야 돼. 그런데 누구를 보낸다지? 어디 보자…… 에헴……."

하룬이 헛기침을 한 것은 바로 그 순간이었습니다.

"제가 가겠어요." 하룬이 자청하고 나섰습니다.

모든 눈이 하룬을 돌아보았습니다. 자줏빛 헝겊을 댄 빨간색 잠옷 차림으로 서 있는 하룬은 몹시 쑥스러운 기분을 느꼈습니다.

"뭐? 뭐라고?" 허랑 왕자가 성급하게 물었습니다.

"아까 왕자님은 우리 아버지를 카탐슈드의 첩자로 생각하셨지요." 하룬이 말했습니다. "이제 왕자님과 장군님이 바라신다면, '고전 구역'에서 바다를 오염시키고 있는 게 카탐슈드든 그의 그림자든, 제가 왕자님을 위해서 그놈을 염탐하겠습니다."

"그런데 그 위험한 일을 왜 자청하려는 거지?" 서책 장군이 물었습니다.

'정말 왜 그런 거지?' 하룬은 생각했습니다. '나는 바보인가 봐.' 하지만 하룬은 큰 소리로 이렇게 대답했습니다.

"저는 평생 동안 놀라운 '이야기 바다'며 물의 정령이며 그 밖의 온갖 이야기를 들었지만, 요전 날 밤에 제 욕실에서 만약을 만난 뒤에야 비로소 그 이야기를 믿기 시작했어요. 이제 저는 실제로 이바구에 와서 바다가 얼마나 아름다운지를 제 눈으로 보았습니다. 이름도 모르는 갖가지 색깔을 띤 '이야기 흐름'과 거기에 사는 수상 정원사와 다구어도 보았고요. 제가 너무 늦었는지도 몰라요. 우리가 무슨 조치를 취하지 않으면 바다 전체가 지금 당장이라도 죽어 버릴 테니까요. 그건 생각조차 하기 싫은 일입니다. 조금도 마음에 들지 않아요. 세상의 멋진 이야기들이 모두 영원히 잘못되거나 죽어 버린다는 건 생각도 하기 싫습니다. 저는 이제야 막 '이야기 바다'의 존재를 믿기 시작했지만, 제 몫을 하기에 너무 늦지는 않았을지도 몰라요."

'아뿔싸! 이제 정말로 빼도 박도 못하게 돼 버렸군. 완전한 바보 천치로 보이게 생겼어'. 하룬은 생각했습니다. 하지만 조잘이는 무드라를 바라본 것과 똑같은 눈길로 하룬을 한동안 바라보고 있었습니다. 기분이 좋았습니다. 그것은 부인할 수 없는 사실이었습니다. 그때 하룬은 아버지의 표정을 언뜻 보았습니다. '아

빠가 뭐라고 하실지, 나는 정확히 알고 있어.'

"하룬 칼리파, 너에게는 눈에 보이는 것 이상의 무언가가 있어." 라시드가 말했습니다.

"잊어버리세요." 하룬은 격렬하게 중얼거렸습니다. "제가 말했다는 것조차 잊어버리세요."

허랑 왕자가 성큼성큼 다가와서 하룬의 등을 탁 때렸습니다. 하룬은 숨이 턱 막혔습니다.

"말도 안 돼!" 허랑이 외쳤습니다. "네가 말한 걸 잊어버리라고? 이봐, 그 말은 절대 잊혀지지 않을 거야. 서책 장군님, 이 아이는 그 일에 적임자가 아닙니까? 나처럼 사랑의 노예니까요."

하룬은 조잘이를 보지 않고 얼굴을 붉혔습니다.

"그래, 정말이야!" 허랑 왕자는 씩씩하게(그리고 좀 바보스럽게) 두 팔을 휘두르고 성큼성큼 거닐면서 말을 이었습니다. "내 뜨거운 열정, 내 사랑이 나를 항상 바락에게 데려가듯, 이 아이도 자기가 사랑하는 것을 구출할 운명이야. '이야기 바다'를 구하는 게 이 아이의 운명이지."

"좋다." 서책 장군이 말했습니다. "하룬, 너를 우리의 첩자로 삼겠다. 너는 그럴 자격이 있어. 함께 갈 일행은 네가 고르도록 해라. 그리고 일행을 고르거든 곧바로 떠나거라." 장군의 목소리가 퉁명스러웠습니다. 엄격한 태도를 겉에 내세워 걱정하는 속마음을 감추고 있는 것 같았습니다.

'끝났어.' 하룬은 생각했습니다. '취소하기에는 너무 늦었어.'

"절대 방심하지 말고 항상 조심해! 어둠 속에서 살금살금 움직여. 들키지 말고 잘 봐!" 허랑 왕자가 연극 대사처럼 외쳤습니다. "어떤 면에서는 너도 그림자-전사가 되는 거야."

이바구의 '고전 구역'에 가려면 잠잠 해안선을 끼고 '어스름 지대'를 가로질러 남쪽으로 내려가야 했습니다. 그 어둡고 적막한 대륙이 끝나면 이바구의 남극해가 사방으로 끝없이 펼쳐져 있었습니다. 하룬과 물의 정령 만약은 하룬이 첩자를 자원한 지 한 시간도 지나기 전에 길을 떠났습니다. 그들이 고른 일행은 부글부글 거품을 내면서 따라오는 다구어 시끌이와 와글이, 그리고 라일락 입술에 나무뿌리 모자를 쓴 수상 정원사 말끔이였습니다. 말끔이는 그들과 나란히 물 위를 걸어왔습니다. (하룬은 조잘이를 데려오고 싶었지만 수줍어서 말도 꺼내지 못했고, 게다가 조잘이는 그림자-전사 무드라 곁에 남아 있고 싶어 하는 눈치였습니다. 그리고 라시드는 무드라의 몸짓언어를 장군과 왕자에게 통역해 주어야 했습니다.)

몇 시간 동안 '어스름 지대'를 고속으로 달리자, 어느새 남극해에 도착했습니다. 이곳의 물은 더욱 색깔을 잃었고 수온도 훨씬 낮았습니다.

"방향은 제대로 잡았군! 제대로 온 것 같은데……."

"한마디로 지옥이군. 전에는 물이 더러운 정도였는데……."

시끌이와 와글이가 기침을 하면서 다급하게 지껄였습니다.

말끔이는 불쾌한 기색도 없이 수면 위를 성큼성큼 걷고 있었습니다.

"그 물이 그처럼 심하게 오염되었다면 발이 상하지 않을까?" 하룬이 말끔이에게 물었습니다.

말끔이는 고개를 저었습니다.

"이 정도는 괜찮아. 약간의 독은, 흥! 약간의 산은, 체! 정원사는 억센 새야. 웬만해서는 나를 막지 못해."

그러더니 놀랍게도 거친 목소리로 노래를 부르기 시작했습니다.

    너는 부도를 막을 수도 있고
    물이 새는 곳을 막을 수도 있고
    통행을 막을 수도 있지만
    나를 막을 수는 없어!

"우리가 이곳에 온 것은 카탐슈드가 하는 짓을 막기 위해서야." 하룬은 말끔이에게 임무를 상기시키면서, 자신의 말투가 권위 있고 대장답게 들리기를 바랐습니다.

"남극 근처에 '이야기의 원천'인 샘이 있는 게 사실이라면, 카탐슈드는 분명 거기 있을 거야." 만약이 말했습니다.

"좋아요. 그럼 남극으로 갑시다!" 하룬이 동의했습니다.

첫 번째 재난은 그 직후에 일어났습니다. 시끌이와 와글이가 애처롭게 낑낑거리는 소리를 내면서, 더 이상 갈 수 없다고 말한 것입니다.

"이렇게 심한 줄은 미처 몰랐어!"

"우리가 너의 기대를 저버렸구나! 정말 슬퍼!"

"나는 비참한 기분이야! 와글이는 더 심해!"

"이젠 운을 맞추어서 대구로 말하지도 못해."

바닷물은 갈수록 걸쭉해지고 차가워졌습니다. '이야기 흐름'은 대부분 천천히 움직이는 검은 물질로 가득 차 있었습니다. 그것은 꼭 타르처럼 보였습니다.

'이런 짓을 하고 있는 게 무엇이든, 여기서 멀지 않은 곳에 있는 게 분명해.' 하룬은 생각했습니다. 그리고 다구어들에게 슬픈 듯이 말했습니다.

"여기 남아서 잘 감시해. 너희는 남겨 두고 우리끼리 갈 테니까."

물론 위험이 있다 해도 다구어들이 경고해 줄 수는 없을 것입니다. 하룬도 그것을 깨달았지만, 다구어들은 이미 비참한 상태였기 때문에 하룬은 이 생각을 그냥 마음속에 담아 두었습니다.

햇빛은 이제 빈약했습니다(그들은 '어스름 지대' 언저리, '영원한 어둠'의 반구 근처에 있었습니다). 그들은 남극을 향해 계속 내려갔습니다. 하룬은 바다에서 솟아오른 숲을 보았습니다. 키 큰 나무들이 가벼운 산들바람에 흔들리고 있었습니다. 희미한 햇빛 때문에 숲이 더욱 신비로워 보였습니다.

"육지인가?" 하룬이 물었습니다. "이 근처에는 육지가 없을 텐데?"

"방치된 바다야." 말끔이가 진저리를 치며 말했습니다. "멋대로 자라고, 잡초가 우거지고, 황폐해지고, 돌보는 사람이 아무도 없어. 수치스러운 일이야. 나한테 1년만 시간을 준다면, 새것처럼 고쳐 놓을 텐데." 수상 정원사치고는 대단한 열변이었습니다. 정원사는 속이 뒤집힌 게 분명했습니다.

"1년이나 여유는 없어." 하룬이 말했습니다. "그리고 나는 저 위로 날아가고 싶지 않아. 그러면 쉽게 들킬 테니까. 그리고 어쨌든 우리는 너를 데려갈 수 없을 거야."

"내 걱정은 하지 마." 말끔이가 말했습니다. "그리고 날아가는 것도 생각하지 마. 내가 길을 뚫어 줄 테니까."

이 말과 함께 말끔이는 갑자기 속력을 내어 물에 떠 있는 밀림 속으로 사라졌습니다. 잠시 후, 하룬은 거대한 식물 더미가 공중으로 날아가는 것을 보았습니다. 말끔이가 일을 시작한 것입니다. 잡초 밀림에 사는 생물들이 놀라서 뛰쳐나왔습니다. 거대한 알비노 나방, 살은 하나도 없고 뼈만 앙상한 커다란 잿빛 새들, 머리가 삽날처럼 생긴 길쭉하고 희끄무레한 벌레들.

'이곳은 야생동물도 오래됐구나.' 하룬은 생각했습니다. '저 안에는 공룡이 있는 게 아닐까? 아니, 공룡이 아니라 물에 사는…… 그게 뭐였더라? 그래, 어룡. 어룡이 있는 게 아닐까?' 물 밖으로 쑥 고개를 내민 어룡을 본다고 생각하자, 겁이 나기도 했지만 흥분해서 가슴이 두근거리기도 했습니다. '어쨌든 어룡은 초식동물이야. 아니, 초식동물이었어. 적어도 나는 그렇게 생각해.' 하룬은 자신을 안심시켰습니다.

말끔이가 진행 상황을 보고하기 위해 물을 건너 돌아왔습니다.

"잡초를 조금 뽑았고, 해충도 조금 처리했어. 이제 곧 수로가 뚫릴 거야."

보고를 끝내고 말끔이는 밀림으로 돌아갔습니다.

수로가 뚫리자, 하룬은 후투티 하지만에게 수로로 들어가라고 지시했습니다. 말끔이는 어디에도 보이지 않았습니다.

"말끔아! 어디 있어?" 하룬은 말끔이를 불렀습니다. "지금은 숨바꼭질을 하고 있을 때가 아니야."

그러나 아무 대답도 없었습니다.

수로는 좁았습니다. 나무뿌리와 잡초가 아직도 수면에 떠 있었습니다.

그들이 잡초 밀림 속으로 깊숙이 들어갔을 때 두 번째 재난이 일어났습니다. 하룬은 희미하게 쉿쉿거리는 소리를 들었고, 잠시 후 거대한 무언가가 그들 쪽으로 날아오는 것을 보았습니다.

누군가가 어둠 속에서 거대한 그물을 던진 것처럼 보였습니다. 그물은 그들 위에 떨어져 그들을 옴짝도 못하게 휘감았습니다.

"'밤의 거미줄'이야." 후투티 하지만이 말했습니다. "잠잠족의 전설적인 무기지. 몸부림쳐 봤자 소용없어. 버티면 버틸수록 더 단단히 조여지니까. 이런 말을 하는 건 유감스럽지만, 우리 계획은 결딴났어."

하룬은 밤의 거미줄 밖에서 소리가 나는 것을 들었습니다. 쉿쉿거리는 소리, 만족스럽게 킬킬거리는 소리. 그리고 눈도 있었습니다. 그물 구멍을 통해 들여다보는 눈, 무드라의 눈처럼 흰자위가 검은 눈이었습니다. 하지만 그것은 조금도 우호적인 눈이 아니었습니다. 말끔이는 어디 갔지?

"그러니까 우리는 벌써 포로가 돼 버렸군." 하룬은 부아가 났습니다. "세상에 나 같은 엉터리 영웅이 어디 있담."

9
검은 배

그들은 천천히 앞으로 끌려갔습니다. 눈이 어둠에 익숙해지자 하룬은 그림자처럼 흐릿한 형체들을 차츰 분간할 수 있게 되었습니다. 그들을 사로잡은 자들은 눈에 보이지 않는 강력한 끈으로 밤의 거미줄을 끌어당기고 있었습니다. 하지만 도대체 어디로 끌고 가는 것일까요? 여기서는 하룬의 상상력도 힘을 쓰지 못했습니다. 하룬이 마음의 눈으로 볼 수 있었던 것은 거대한 검은 구멍뿐이었습니다. 구멍은 거대한 입을 벌리고 하룬을 천천히 빨아들이고 있었습니다.

"정말 난처하게 됐군. 실패했어." 만약이 절망적으로 말했습니다.

후투티 하지만도 똑같이 우울한 상태였습니다.

"우리는 선물처럼 말끔히 포장되고 꽁꽁 묶인 상태로 카탐슈드에게 가겠군." 후투티가 부리를 움직이지 않고 한탄했습니다. "그러면 우리는 모두 끝장이야. 휙, 쿵, 뻥, 그걸로 끝이야. 카탐슈드는 어둠 한복판에 앉아 있어. 검은 구덩이 밑바닥이라고 하더군. 카탐슈드는 빛을 먹어. 맨손으로 빛을 잡아서 날것으로 먹어 치우지. 어떤 빛도 놓치지 않아. 카탐슈드는 말도 먹어. 그리고 두 곳에 동시에 있을 수 있어. 놈의 손아귀에서 달아날 길은 없어. 아아, 슬프다. 슬프도다. 허, 허, 허!"

"당신들은 정말 좋은 길동무야." 하룬은 애써 쾌활하게 말했습니다. 그리고 후투티 하지만에게 덧붙였습니다. "너는 정말 대단한 기계야! 무시무시한 이야기를 들으면 모두 곧이곧대로 믿고, 다른 사람들 마음속에 있는 생각까지도 믿어 버리니까. 예를 들면 그 검은 구멍 말이야. 나는 지금 그걸 생각하고 있었는데, 너는 내가 말하기도 전에 그걸 내 마음에서 집어내어 곧이곧대로 믿고는 겁에 질려 버렸어. 후투티, 제발 진정해."

"내가 어떻게 진정할 수 있겠어? 잠잠족 놈들이 나를 자기네 마음대로 끌고 가고 있는데." 후투티 하지만이 부리를 움직이지 않고 하소연했습니다.

"아래를 봐. 저 아래 바다를 봐!" 만약이 끼어들었습니다.

이제 걸쭉하고 검은 독이 어디에나 퍼져서 '이야기 흐름'의 색깔을 없애 버렸습니다. 하룬은 더 이상 색깔을 구별할 수가 없었습니다. 진득거리고 차가운 느낌이 물에서 올라왔습니다. 수온은 거의 빙점에 이르러 있었습니다.

'죽음만큼 차갑구나.' 하룬은 저도 모르게 생각했습니다.

"우리 잘못이야." 만약이 흐느껴 울었습니다. "우리는 바다의 수호자들인데 바다를 지키지 않았어. 바다를 봐! 보라고! 세상에서 가장 오래된 이야기들이 지금 어떻게 됐는지 봐. 우리는 그 이야기들이 썩어 문드러지게 내버려 두었어. 이 독에 오염되기 오래전에 이미 우리는 그 이야기들을 버렸어. 우리의 시작, 우리의 뿌리, 우리의 샘, 우리의 원천과 접촉을 끊었어. 우리는 따분하다고 말했지. 수요가 없다고, 수요보다 훨씬 많아서 남아돈다고 말했지. 그런데 이제 어떻게 됐는지 봐! 보라고! 색깔도 없고, 생명도 없고, 아무것도 없어! 완전히 못쓰게 됐어!"

말끔이가 이 광경을 보았다면 얼마나 놀랐을까 하고 하룬은 생각했습니다. 누구보다도 말끔이가 가장 큰 충격을 받았을 것입니다. 하지만 수상 정원사는 여전히 흔적조차 보이지 않았습니다. 말끔이도 또 다른 밤의 거미줄에 묶였을 거라고 하룬은 짐작했습니다.

'하지만 나무뿌리 같은 그의 몸이 지금 우리와 나란히 달리고 있는 것을 볼 수만 있다면, 그 꽃같이 부드러운 목소리가 이따금 거친 말을 내뱉는 것을 들을 수만 있다면, 무엇을 내주어도

아깝지 않을 텐데.'

독에 오염된 물이 후투티 하지만의 옆구리를 찰싹찰싹 핥았습니다. 그러다가 밤의 거미줄이 갑자기 멈추자 물이 별안간 더 높이 튀어 올랐습니다. 만약과 하룬은 반사적으로 발을 물에서 번쩍 들어 올렸습니다. 물의 정령 만약의 슬리퍼 한 짝이 (정확히 말하면 그의 왼발에서) 바다로 떨어졌습니다. 끝이 뾰족하고 아름답게 수놓인 슬리퍼였습니다. 쉿쉿, 칙칙, 뽀글뽀글, 꾸르륵 하는 소리와 함께 슬리퍼는 눈 깜짝할 사이에 앞부리 끝까지 바다 속으로 사라지고 말았습니다. 하룬은 공포에 휩싸였습니다.

"독은 이곳에 집중되어 있어서 강력한 산처럼 작용하는구나." 하룬이 말했습니다. "후투티, 너는 굉장히 단단한 물질로 만들어져 있는 게 분명해. 만약 씨는 운이 좋았어요. 물에 떨어진 게 당신이 아니라 슬리퍼라서 다행이에요."

"너무 기뻐하지 마. 앞으로 무슨 일이 일어날지 누가 알아?" 후투티 하지만이 부리를 움직이지 않고 우울하게 말했습니다.

"정말 고마워. 또다시 적절한 의견을 말해 줘서." 하룬이 대답했습니다.

그러나 하룬은 말끔이를 걱정하고 있었습니다. 수상 정원사는 실제로 독이 집중된 그 수면 위를 걷고 있었습니다. 말끔이는 강인한 생물이었지만, 산처럼 강력한 독을 견딜 수 있을까? 하룬은 말끔이가 쉿쉿, 칙칙, 뽀글뽀글, 꾸르륵 하는 소리와 함께 바다 속으로 서서히 가라앉는 끔찍한 광경을 상상했습니다. 하룬은 고개를 저었습니다. 지금은 그런 부정적인 생각을 하고 있을 때가 아니었습니다.

밤의 거미줄이 물러났습니다. 희미한 어스름이 돌아왔을 때, 하룬은 그들이 잡초 밀림 속의 넓은 빈터에 도착한 것을 알았습니다. 조금 떨어진 곳에 밤의 장벽처럼 보이는 것이 서 있었습니다.

'저기서 영원한 어둠이 시작되는 게 분명해.' 하룬은 생각했습니다. '우리는 지금 영원한 어둠의 가장자리에 와 있는 거야.'

이곳 바다의 수면에는 나무뿌리 몇 개와 잡초만 떠 있었습니다. 그것도 유독한 산 때문에 대부분 부식되고 심하게 탄 상태였습니다. 말끔이는 여전히 흔적조차 보이지 않았습니다. 하룬은 계속 최악의 사태를 걱정했습니다.

13명의 잠잠족이 후투티 하지만을 둘러싸고, 무시무시해 보이는 무기로 만약과 하룬을 겨누었습니다. 그들은 모두 흑백이 뒤바뀐 눈을 갖고 있었습니다. 검은 눈동자 대신 하얀 눈동자, 색깔 있는 홍채 대신 개성 없는 회색 홍채, 흰자위가 있어야 할 곳은 온통 검은색을 띠고 있었습니다. 하룬이 무드라의 얼굴에서 처음 본 그 묘한 눈과 똑같았습니다. 하지만 그림자-전사 무드라와는 달리 카탐슈드의 친위대임을 보여 주는 특별 휘장— '지퍼로 채운 입술'—으로 장식된 두건 달린 검은 망토를 입은 이 잠잠족들은 비쩍 마르고 코를 훌쩍이고 족제비처럼 교활해 보였습니다.

'가장무도회에 가려고 옷을 차려입은 사무원들 같군.' 하룬은 생각했습니다. '하지만 과소평가하면 안 돼. 놈들은 위험해. 그건 조금도 의심할 여지가 없어.'

잠잠족들은 후투티 하지만 주위에 모여 호기심에 찬 눈으로 하룬을 말똥말똥 쳐다보았습니다. 하룬은 몹시 곤혹스럽고 짜증이 났습니다. 잠잠족들은 검은 해마처럼 보이는 커다란 짐승을 타고 있었습니다. 그 해마들도 기수 못지않게 지구인 소년의 존재에 당황한 것 같았습니다.

"참고삼아 말해 둘게." 후투티 하지만이 말했습니다. "이 검은 말들도 기계야. 하지만 잘 알려져 있듯이 검은 말, 즉 다크호스는 믿을 수 없고 믿어서도 안 돼."

하룬은 그 말을 듣고 있지 않았습니다.

하룬은 영원한 어둠의 시작인 줄 알았던 밤의 장벽이 실은 전혀 그렇지 않다는 것을 막 깨달은 참이었습니다. 그것은 실제로는 거대한 배였습니다. 노아의 방주 같은 거대한 배가 잡초 밀림의 넓은 빈터에 닻을 내리고 있었습니다.

'우리를 저 배로 데려갈 모양이군.' 하룬은 가슴이 철렁 내려앉았습니다. '저건 카탐슈드가 타고 있는 기함이 분명해.' 하지만 만약에게 그 말을 하려고 입을 벌렸을 때, 하룬은 두려움 때문에 목이 바싹 말라서 이상하게 깍깍거리는 소리만 나오는 것을 깨달았습니다.

"까악." 하룬은 검은 배를 가리키면서 쉰 목소리로 말했습니다. "까악, 까악."

'검은 배' 옆면을 따라 난간이 달린 건널판자들이 비스듬히 내려와 있었습니다. 잠잠족들은 하룬 일행을 그런 건널판들 가운데 하나로 데려갔습니다. 하룬과 만약은 건널판자 발치에 후투티 하지만을 남겨 두어야 했습니다. 그들은 갑판까지 뻗어 있는 긴 건널판자를 올라가기 시작했습니다. 하룬이 올라가고 있을 때 애처로운 외침 소리가 들렸습니다. 뒤를 돌아보니 후투티가 부리를 움직이지 않고 항의하는 것이 보였습니다.

"하지만 하지만 하지만 그걸 가져가면 안 돼. 그럴 수는 없어. 그건 내 '두뇌'란 말이야."

망토를 입은 잠잠족 둘이 후투티 하지만의 등에 올라타고, 그의 정수리에 박힌 나사를 뽑고 있었습니다. 그들은 후투티의 머리 뚜껑을 열고, 만족스러운 듯 짧게 쉿쉿 소리를 내며 후투티의 머리 속에서 둔탁하게 빛나는 작은 금속 상자 하나를 빼냈습니다. 그런 뒤 후투티 하지만을 물 위에 띄워 놓고 가 버렸습니다.

회로가 끊기고 기억 세포와 명령 모듈이 제거된 후투티는 이제 망가진 장난감처럼 보일 뿐이었습니다.

'아아, 후투티.' 하룬은 생각했습니다. '너를 기계에 불과한 바보라고 놀려서 미안해! 너만큼 용감하고 훌륭한 기계는 존재한 적이 없어. 네 두뇌를 반드시 되찾아 줄게. 내가 하는지 못 하는지 두고 봐.' 하지만 하룬은 그것이 지킬 수 없는 약속이라는 것을 알았습니다. 어쨌든 하룬 자신도 제 발등에 불이 떨어진 형편이었으니까요.

그들은 계속 올라갔습니다. 그때 하룬 뒤에서 따라오던 만약이 금방이라도 넘어질 것처럼 심하게 비틀거리면서, 몸을 안정시키려는 것처럼 하룬의 손을 움켜잡았습니다. 하룬은 물의 정령이 무언가 작고 단단한 것을 그의 손바닥에 밀어 넣는 것을 느꼈습니다. 하룬은 손을 오므려 그것을 단단히 쥐었습니다.

"긴급할 때 쓰는 비상용품이야. '너복설과' 본부의 특별 서비스지." 만약이 속삭였습니다. "그걸 써먹을 기회가 있을 거야."

그들의 앞에도 뒤에도 잠잠족들이 있었습니다.

"이게 뭐예요?" 하룬이 목소리를 낮추어 중얼거렸습니다.

"끝을 물어뜯어." 만약이 속삭였습니다. "그러면 꼬박 2분 동안 밝은, 아주 밝은 빛이 나와. 그래서 이름이 '바이트 라이트'(빛 물어뜯기—옮긴이)야. 이유는 말할 필요도 없겠지. 그걸 혀 밑에 감춰."

"당신은요?" 하룬이 속삭였습니다. "당신도 갖고 있나요?"

만약은 대답하지 않았습니다. 하룬은 물의 정령 만약이 자기가 가진 유일한 비상용품을 내준 것을 알아차렸습니다.

"이건 받을 수 없어요. 그건 공정하지 않아요." 하룬이 속삭였습니다.

하지만 이제 잠잠족 하나가 무섭게 인상을 쓰면서 조용히 하라고 말했기 때문에 하룬은 당분간 조용히 있는 편이 낫겠다고 판단했습니다. 그들은 교주가 어쩔 셈인지 궁금해하면서 계속 올라갔습니다.

즐비하게 늘어선 현창 옆을 지나가고 있을 때, 하룬이 놀라서 헐떡이는 듯한 소리를 냈습니다. 현창에서 '어둠'이 쏟아져 나오고 있었기 때문입니다. 저녁에 창문에서 불빛이 새어 나오듯, 어스름 속에서 어둠이 새어 나오고 있었습니다. 다른 족속이 인공적인 빛을 발명했듯이 잠잠족은 인공적인 어둠을 발명한 것입니다! 검은 배 안에는 그 야릇한 어둠을 내는 '전구'—아니, '암구'라고 불러야겠지만—가 있어서 잠잠족은 흑백이 거꾸로 된 눈으로도 사물을 제대로 볼 수 있을 거라고 하룬은 생각했습니다(물론 하룬은 아무것도 볼 수 없겠지만). '전등을 켜고 끄듯이 어둠을 켜고 끌 수 있다니, 얼마나 놀라운 생각인가!' 하룬은 속으로 감탄했습니다.

그들은 갑판에 도착했습니다. 하룬은 배가 엄청나게 크다는 것을 깨달았습니다. 희미한 빛 속에서 갑판은 끝이 없어 보였습니다. 하룬의 눈에는 이물도 고물도 또렷이 보이지 않았습니다.

"길이가 1킬로미터는 되겠어!" 하룬이 소리쳤습니다. 길이가

1킬로미터면 너비는 적어도 500미터는 될 것입니다.

"엄청나게 큰 초대형 배로군." 만약이 침울하게 맞장구를 쳤습니다.

갑판에는 거대한 물탱크 같은 가마솥이 장기판 같은 형태로 정렬해 있었습니다. 그 수는 헤아릴 수 없이 많았습니다. 가마솥마다 그것을 전담하는 작업반이 딸려 있었습니다. 가마솥에는 파이프와 도관이 연결되어 있고, 가마솥 옆에는 사다리가 달려 있었습니다. 작은 기계식 기중기도 가마솥마다 옆에 배치되어 있고, 무섭게 날카로워 보이는 갈고리에 양동이가 매달려 있었습니다.

'저 수많은 가마솥에 독이 들어 있는 게 분명해.' 하룬은 짐작했습니다. 그 짐작은 옳았습니다. 가마솥에는 '이야기 바다'를 죽이고 있는 검은 독약—희석하지 않은 순수하고 가장 강력한 독약—이 가득 들어 있었습니다. '공장 배로군. 이 공장이 만드는 것은 내 고향에 있는 슬픔 공장보다 훨씬 나빠.' 하룬은 몸을 떨면서 생각했습니다.

검은 배 갑판에서 가장 큰 물건은 또 다른 기중기였습니다. 이 기중기는 고층 건물처럼 갑판 위에 우뚝 솟아 있었습니다. 하룬은 그 힘센 팔에 매달린 거대한 사슬이 물속으로 내려가 있는 것을 보았습니다. 그 사슬 끝에 매달려 수면 아래로 내려간 것이 무엇이든, 그것은 정말 놀랄 만큼 크고 무거울 게 분명했습니다. 하지만 하룬은 그게 무엇인지 알 수가 없었습니다.

검은 배와 거기에 있는 모든 것에서 하룬이 받은 첫인상은 '그림자 같다'는 것이었습니다. 그렇게밖에는 표현할 길이 없었습니다. 배 자체의 규모도 초대형이고 독약이 든 물탱크와 기중기의 크기와 개수도 엄청났지만, 하룬은 그 모든 것이 '덧없다'는 느낌을 떨쳐 버릴 수가 없었습니다. 왠지 단단히 고정되어 있거나 확고부동한 느낌이 들지 않았습니다. 위대한 마술사가 그림자에 고체성을 부여하여(그림자가 고체성을 가질 수 있을 것 같지는 않았지만) 그 모든 것을 만들어 낸 것처럼 보였습니다.

'하지만 그건 너무 공상적이야.' 하룬은 속으로 말했습니다. '그림자로 만든 배? 그림자 배? 말도 안 돼.' 하지만 이 생각은 계속 하룬을 괴롭히면서 떠나려 하지 않았습니다. '여기 있는 모든 것의 가장자리를 봐.' 그의 머릿속에서 어떤 목소리가 말했습니다. '독약이 든 물탱크, 기중기, 배의 가장자리를 봐. 흐릿해 보이지 않아? 그림자가 그래. 그림자는 아무리 뚜렷해도, 그 가장자리는 절대로 실체를 가진 물건만큼 뚜렷하지 않아.'

잠잠족들은 모두 '지퍼로 채운 입술' 동맹에 소속되어 있었고, 카탐슈드 교주에게 가장 충성스러운 부하들이었습니다. 그들이 너무나 평범하고 그들에게 주어진 일은 너무나 단조롭다는 생각이 하룬의 마음에 계속 떠올랐습니다. '지퍼로 채운 입술' 망토와 두건을 쓴 잠잠족은 수백 명에 이르렀습니다. 그들은 갑판에 늘어서 있는 물탱크와 기중기를 돌보고, 기계적으로 판에 박힌 일을 했습니다. 지침반을 점검하고, 이음매를 조이고, 물탱크의 스위치를 켰다가 다시 끄고, 갑판을 대걸레로 청소했습니다. 그것은 모두 따분하기 짝이 없는 일이었지만, 망토를 입고 족제비처럼 교활한 얼굴로 코를 훌쩍거리며 종종걸음을 치는 그 사무원 같은 잠잠족들이 실제로 하고 있는 일은 바로 '이야기 바다' 자체를 망쳐 놓는 일이었습니다. 하룬은 그 사실을 자신에게 끊임없이 일깨워야 했습니다.

"정말 이상해요." 하룬이 만약에게 말했습니다. "세상에서 가장 나쁜 일이 이렇게 정상적이고 지루해 보일 수 있다는 게 말이에요."

"이게 정상적이라니." 만약이 한숨을 쉬었습니다. "이 꼬마도 미쳤군. 머리가 돌았어. 정신이 나갔어."

그들을 사로잡은 자들은 그들을 커다란 출입구 쪽으로 떠밀었습니다. 그 출입구에는 카탐슈드의 상징인 '지퍼로 채운 입술'이 그려진 검은 문이 두 개 달려 있었습니다. 이 모든 일은 잠잠족들의 기분 나쁜 쉿쉿 소리를 제외하고는 완전한 침묵 속에서 이루어지고 있었습니다. 그들이 이중문에서 몇 걸음 떨어진 곳에 이르자, 잠잠족들은 그들을 세우고 팔을 잡았습니다. 이중문이 열렸습니다. '여기구나!' 하룬은 속으로 생각했습니다.

비쩍 마르고 지저분하고 족제비처럼 교활해 보이고 코를 훌쩍거리는 사무원같이 생긴 잠잠족이 문에서 나왔습니다. 그는 다른 잠잠족들과 똑같아 보였지만, 다르기도 했습니다. 그가 나타나자마자 눈에 보이는 잠잠족들은 모두 한 발을 뒤로 빼고 코가 땅에 닿도록 공손히 절을 했기 때문입니다. 이 볼품없는 인물이야말로 그 악명 높고 무시무시한 베차반의 교주, 그 위대한 마왕 카탐슈드였습니다!

'저게 그놈이야? 저게?' 하룬은 실망했습니다. '저렇게 볼품없고 지저분한 녀석이? 정말 실망이야.'

그때 또 다른 놀라움이 닥쳐왔습니다. 교주가 말을 하기 시작한 것입니다. 카탐슈드는 부하들처럼 쉿쉿거리지도 않았고, 그림자-전사 무드라처럼 깍깍거리거나 꾸르륵 하고 목을 울리는 소리를 내지도 않았고, 억양이 없는 단조로운 목소리로 또렷이 말했습니다. 그렇게 강력하고 무시무시한 인물의 목소리가 아니었다면 아무도 기억하지 못했을 만큼 평범한 목소리였습니다.

"첩자들이군. 정말 지겨운 멜로드라마야. 수다에서 온 물의 정령. 하나는 그래도 좀 유별나군. 내가 잘못 생각한 게 아니라면, 저 밑에서 온 꼬마인가."

"당신들의 침묵 작전은 완전히 난센스야." 만약이 아주 용감하게 말했습니다. "진부하잖아. 당신들은 짐작도 못 했을 거야. 까맣게 몰랐을 거라고. 위대한 나리께서는 아무도 하지 못하게 금지해 놓고 자기 혼자만 그걸 하고 싶어 하지. 부하들은 입술을 꿰매는데 위대한 나리께서는 나불나불 지껄이다니 말이야."

카탐슈드는 이 말을 못 들은 체했습니다. 하룬은 그를 뚫어지게 바라보았습니다. 특히 교주의 몸 가장자리를 유심히 보고 마침내 확신했습니다. 교주의 몸 가장자리에도 하룬이 검은 배에서 발견한 것과 똑같은 흐릿함, 불안정한 흔들림이 있었습니다. 하룬은 그것을 '그림자 같다'고 표현했는데, 그 느낌이 옳았습니다. '틀림없어. 저건 교주의 그림자야. 교주는 그림자를 자기한테서 떼어 놓는 법을 배웠어. 그래서 그림자를 여기로 보내고, 자기는 잠잠 요새에 남아 있는 거야.' 수다족 군대는 지금도 하룬의 아버지 라시드와 함께 그곳으로 가고 있을 게 분명했습니다.

하룬의 생각대로 이곳에 있는 것이 '그림자가 된 인간'이 아니라 '인간이 된 그림자'라면, 카탐슈드의 마법은 아주 강력한 것이었습니다. 교주의 형상은 완전히 입체적이었고, 얼굴에 붙은 눈도 또렷이 움직이고 있었기 때문입니다. '저런 그림자는 난생처음 봤어.' 하룬은 인정할 수밖에 없었지만, 이 검은 배를 타고 '고전 구역'에 온 것이 사실은 교주의 '그림자'라는 확신이 점점 강해졌습니다.

후투티 하지만의 '두뇌 상자'를 빼낸 잠잠족이 앞으로 나와서 카탐슈드에게 고개 숙여 절을 하고는 그것을 바쳤습니다. 교주는 그 작은 정육면체의 금속 상자를 허공으로 가볍게 던져 올리면서 중얼거리기 시작했습니다.

"이제 놈들의 '너복설과'를 알 수 있게 됐군. 이 상자를 분해
하면 내가 그 과정을 설명해 줄 테니 염려 마."

바로 그때 하룬은 기묘한 느낌을 받고 머리가 혼란스러워졌습
니다. 카탐슈드가 누군가를 연상시켰던 것입니다. 하룬은 깜짝
놀라면서 생각했습니다. '나는 카탐슈드를 알고 있어. 전에 어디
선가 만난 적이 있어. 있을 수 없는 일이지만, 틀림없어. 내가 아
주 잘 아는 사람이야.'

교주가 다가와서 하룬의 얼굴을 들여다보았습니다.

"무엇이 너를 여기까지 데려왔지?" 교주가 단조로운 목소리
로 물었습니다. "아마 '이야기'가 데려왔겠지." 교주는 '이야기'
라는 낱말이 세상에서 가장 상스럽고 지저분한 낱말이라도 되
는 것처럼 말했습니다. "'이야기'가 지금 너를 어떤 곤경에 빠뜨
렸는지 봐. 내 말을 이해하겠어? 처음에는 '이야기'로 시작하지
만 마지막에는 '첩자'로 끝나. 그건 중죄야. 그보다 더 중대한 혐
의는 없어. 너는 두 발을 땅에 단단히 딛고 있는 편이 나았을 텐
데, 그만 헛된 공상에 빠져 버렸어. 현실에 충실했다면 좋았을
텐데, '이야기'를 머릿속에 채워 넣었어. 집에 얌전히 남아 있었
다면 좋았을 텐데, 여기까지 와 버렸어. '이야기'는 혼란을 일으
키지. '이야기' 바다는 곧 '혼란'의 바다야. 대답해 봐. 사실도 아
닌 이야기가 무슨 쓸모가 있지?"

"난 당신을 알아요." 하룬이 소리쳤습니다. "당신은 그 사람

이에요. 셍굽타 씨예요. 당신은 우리 어머니를 훔쳐 가고, 뚱뚱한 여자를 남겨 놓았어요. 당신은 코를 훌쩍거리고, 콧물을 질질 흘리고, 인색하고, 지저분하고, 족제비처럼 교활한 사무원이에요. 우리 어머니를 어디다 감춰 놓았죠? 어머니는 이 배에 갇혀 있을 거예요. 빨리 우리 어머니를 내놔요."

물의 정령 만약이 하룬의 어깨를 상냥하게 잡았습니다. 하룬은 분노를 비롯한 온갖 감정으로 몸을 부들부들 떨고 있었습니다. 만약은 하룬이 진정할 때까지 기다렸다가 입을 열었습니다.

"하룬, 이 사람은 셍굽타 씨가 아니야." 만약이 부드럽게 말했습니다. "아마 똑같아 보이겠지. 빼다박은 것처럼 닮았을 거야. 하지만 이 사람은 베차반의 교주인 카탐슈드야."

카탐슈드는 사무원답게 냉정하고 침착해 보였습니다. 그의 오른손은 후투티 하지만의 두뇌 상자를 계속 공중으로 무심하게 던져 올리고 있었습니다. 그러다가 마침내 졸음을 부르는 그 단조롭고 나른한 목소리로 말했습니다.

"'이야기'가 저 아이의 머리를 비뚤어지게 만들었어." 그의 말투는 진지했습니다. "이제 저 아이는 백일몽을 꾸고 쓰레기 같은 소리를 지껄이고 있어. 남을 모욕하는 무례한 녀석이야. 내가 왜 네 어머니한테 조금이라도 관심을 갖겠냐? 너는 '이야기' 때문에 네 앞에 서 있는 사람도 볼 수 없게 됐어. '이야기' 때문에 너는 카탐슈드 교주 같은 인물은…… 이렇게 저렇게 생겨야 한다고 믿게 된 거야."

카탐슈드가 말하면서 모습을 바꾸었기 때문에, 하룬과 만약
은 깜짝 놀라서 비명을 질렀습니다. 교주는 공포와 놀라움으로
휘둥그레진 그들의 눈앞에서 점점 커져 키가 30미터에 이르렀
고, 101개의 머리에는 각각 세 개의 눈과 불꽃처럼 날름거리는
혀가 하나씩 있었고, 101개의 팔 가운데 100개는 커다란 검은
칼을 쥐고 있었고, 마지막 101번째는 후투티 하지만의 두뇌 상
자를 아무렇게나 공중으로 던져 올리고 있었습니다. 이윽고 카
탐슈드는 조그맣게 한숨을 내쉬면서 다시 오그라들더니 사무
원 같은 형상으로 돌아왔습니다.

"이건 보란 듯이 과시한 거야." 그가 어깨를 으쓱했습니다.
"'이야기'는 그런 과시를 특징으로 하지만, 과시는 필요도 없고
효과도 없어. 첩자들, 첩자들." 그는 잠시 생각에 잠겼다가 말을
이었습니다. "이왕 여기까지 왔으니까 네가 보러 온 것을 보여
주마. 물론 그걸 보고할 수는 없겠지만."

그는 돌아서서 검은 문 쪽으로 살금살금 돌아가기 시작했습
니다. 그러더니 "그들을 데려와!" 하고 명령하고는 가 버렸습니
다. 잠잠족 병사들은 하룬과 만약을 에워싸고 문 쪽으로 밀었습
니다. 하룬과 만약은 검은색 넓은 계단 꼭대기에 이르렀습니다.
아래로 뻗은 계단의 끝은 배 내부의 칠흑 같은 어둠 속으로 사
라져 보이지 않았습니다.

10
하룬의 소원

하룬과 만약이 계단 꼭대기에 서 있을 때, 수천 개의 '암구'가 만들어 낸 칠흑 같은 어둠이 갑자기 사라지고 어슴푸레한 어스름이 돌아왔습니다. 카탐슈드가 자신의 능력을 과시하여 포로들을 놀리려고 스위치를 끄라고 명령한 것입니다. 이제 앞을 볼 수 있게 된 하룬과 만약은 그 거대한 배의 배 속으로 내려가기 시작했습니다. 그들을 에워싼 잠잠족들은 점점 밝아지는 빛 속에서도 잘 볼 수 있도록 도와주는 세련된 선글라스를 쓰고 있었습니다. '선글라스를 쓰니까 인기 가수를 흉내 내는 사무원처럼 보이는군.' 하고 하룬은 생각했습니다.

갑판 아래로 내려간 하룬은 검은 배가 사실은 하나의 거대한 동굴이라는 것을 알 수 있었습니다. 높이가 서로 다른 일곱 개의 통로가 동굴을 층층이 에워싸고 있고, 계단과 사다리가 통로를 서로 연결하고 있었습니다. 동굴은 기계로 가득 차 있었습니다. 그런데 얼마나 놀라운 기계들인지 모릅니다. 윙윙 소리를 내며 돌아가는 기계, 액체를 휘저어 뒤섞는 교반기, 줄지어 늘어선 기중기, 층층이 늘어선 여과기, 윙윙거리는 압착기, 붕붕거리는 냉동기! 카탐슈드는 따분한 듯 후투티 하지만의 두뇌를 이 손에서 저 손으로 던지면서 높은 작업용 통로에서 그들을 기다리고 있었습니다. 하룬과 만약이 (호위병과 함께) 도착하자마자 카탐슈드는 무뚝뚝하게 모든 것을 설명하기 시작했습니다.

교주의 목소리는 10초만 듣고 있어도 잠들어 버릴 만큼 단조로웠지만, 하룬은 억지로 귀를 기울였습니다.

"이건 독물 혼합기야. 우리는 독을 아주 많이 만들어야 돼. 바다의 모든 이야기를 서로 다른 방법으로 망쳐 놓을 필요가 있으니까 말이지. 행복한 이야기를 망쳐 놓으려면 그것을 슬프게 만들어야 하고, 액션드라마를 망쳐 놓으려면 그것이 아주 천천히 움직이게 해야 하고, 추리소설을 망쳐 놓으려면 아무리 멍청한 사람도 범인의 정체를 뻔히 알 수 있게 만들어야 해. 연애소설을 망쳐 놓으려면 그것을 증오의 이야기로 바꿔야 하고, 비극을 망쳐 놓으려면 참을 수 없는 웃음을 불러일으킬 수 있도록 만들어야 해."

"'이야기 바다'를 망쳐 놓으려면 바다에 카탐슈드만 집어넣으면 돼." 물의 정령 만약이 중얼거렸습니다.

"멋대로 말해라. 말할 수 있을 때 실컷 떠들어." 교주가 만약에게 말했습니다.

그러고는 무시무시한 설명을 계속했습니다.

"나는 '모든 이야기에는 반드시 그것과 짝을 이루는 반대 이야기가 있다'는 사실을 발견했어. 모든 이야기는 '그림자 자아'를 가지고 있고, 따라서 모든 '이야기 흐름'도 '그림자 자아'를 가지고 있다는 뜻이야. 이 반대 이야기를 이야기 속에 쏟아부으면 두 이야기는 서로 상쇄되어, 그래! 이야기는 끝장이 나지. 그런데 나는 그 반대 이야기, 즉 '그림자 이야기'를 합성하는 방법을 찾아냈어. 지금 너희가 보고 있는 게 바로 그 증거야. 그래! 나는 바로 여기서, 이 실험실에서 그 반대 이야기들을 섞어서, 너희들의 귀중한 바다에 들어 있는 어떤 이야기도 저항할 수 없는 가장 효과적인 고농축 독을 만들 수 있어. 우리가 바다에 하나씩 방출하고 있는 게 바로 그 고농축 독이야. 너희는 이곳의 독물 농도가 얼마나 높은지 보았을 거야. 물엿처럼 걸쭉하지. 그건 모든 그림자 이야기가 빽빽하게 들어차 있기 때문이야. 그림자 이야기들은 바다의 흐름을 따라 차츰 흘러 나가서, 각자 제 먹이를 찾아내지. 우리는 날마다 새로운 독을 합성해서 방출하고 있어. 날마다 새 이야기를 죽이지. 이제 곧 바다는 완전히 죽게 될 거야. 죽어서 차갑게 식어 버릴 거야. 검은 얼음이 수면 위에 얼면, 그때 나의 승리는 완벽해질 거야."

"하지만 당신은 왜 그렇게 이야기를 증오하죠?" 하룬이 너무 놀라서 멍해진 기분으로 불쑥 물었습니다. "이야기는 즐겁고……."

"하지만 세계는 즐기기 위해 존재하는 게 아니야." 카탐슈드가 대답했습니다. "세계는 지배를 위해 존재하는 거야."

"어떤 세계요?" 하룬은 저도 모르게 불쑥 물었습니다.

"너의 세계, 나의 세계, 모든 세계." 카탐슈드가 대답했습니다. "그 세계들은 모두 지배받기 위해 존재하지. 모든 이야기 속에는, 바다의 모든 흐름 속에는, 내가 절대로 지배할 수 없는 세계가 하나 있어. 이야기 세계가 말이야. 내가 이야기를 증오하는 건 그 때문이야."

이제 교주는 독을, 그러니까 반대 이야기를 저온으로 보관하는 냉장고를 가리켰습니다. 그다음에는 독을 100% 순수하고 100% 치명적인 것으로 만들기 위해 독에서 먼지와 불순물을 제거하는 여과기를 가리켰습니다. 그리고 독을 왜 갑판 위의 가마솥에 얼마 동안 담아 두는지, 그 이유를 설명해 주었습니다.

"좋은 포도주가 다 그렇듯이, 반대 이야기도 방출하기 전에 공기 속에서 한동안 '숨을 쉬게' 해 주면 품질이 좋아지지."

11분 뒤에 하룬은 듣기를 그만두었습니다. 하룬은 카탐슈드와 만약을 따라 높은 통로를 지나서 배의 다른 부분에 이르렀습니다. 그곳에서는 잠잠족들이 뭔지 알 수 없는 커다란 조각들을 조립하고 있었습니다. 그 조각들은 단단하고 검은 고무처럼 보였습니다.

"자, 여기가 마개를 만드는 곳이야." 교주가 말했습니다. (그의 목소리에는 하룬의 관심을 끄는 무언가가 있었습니다.)

"무슨 마개?" 만약이 소리쳤습니다. 그의 머릿속에서 끔찍한 생각이 형태를 이루었기 때문입니다. "설마……."

"갑판에서 거대한 기중기를 보았겠지." 카탐슈드가 지극히 단조로운 목소리로 말했습니다. "물속으로 내려가 있는 쇠사슬도 보았을 거야. 그 쇠사슬 끝에서는 잠잠족 잠수부들이 지금까지 만들어진 가장 크고 가장 능률적인 마개를 빠른 속도로 조립하고 있지. 그건 거의 완벽해. 거의 완전무결해. 그래서 며칠만 지나면 우리는 그 마개를 활용할 수 있을 거야. 우리는 이 배 바로 밑에 있는 샘, 바다 밑바닥에 있는 '이야기의 원천'을 그 마개로 틀어막을 거야. 그 샘이 막히지 않고 남아 있는 한, 오염되지 않은 신선한 '이야기 물'이 계속 솟아 나와 바다로 흘러들 테고, 그렇게 되면 우리 일은 미완성으로 끝날 거야. 하지만 샘을 마개로 틀어막으면! 아아, 그러면 바다는 나의 반대 이야기에 저항할 힘을 완전히 잃어버릴 테고, 순식간에 종말이 올 거야. 그러면 물의 정령, 너희 수다족이 할 수 있는 일이 뭐가 있지? 베차반의 승리를 인정할 수밖에 없지 않을까?"

"천만에." 만약이 말했지만, 그 대답은 별로 설득력 있게 들리지 않았습니다.

"잠수부들은 독으로 오염된 물속에 들어가는데 어떻게 무사할 수 있죠?" 하룬이 물었습니다.

카탐슈드는 차갑게 웃으면서 말했습니다.

"다시 내 말에 주의를 기울이고 있군. 대답은 뻔해. 잠수부들은 방독복을 입고 있어. 이 벽장 속에는 방독복이 잔뜩 들어 있지."

카탐슈드는 마개 조립 구역을 지나, 배에서 가장 큰 기계가 차지하고 있는 구역으로 그들을 데려갔습니다.

"이게 우리 발전기야." 카탐슈드는 단조롭고 밋밋한 목소리로 자랑스러운 듯이 말했습니다.

"그게 뭘 하는 거죠?" 머리가 특별히 과학적인 방향으로 돌아가 본 적이 없는 하룬이 물었습니다.

"네가 꼭 알아야겠다면 말해 주마. 이건 전자기 유도를 이용해서 기계 에너지를 전기 에너지로 바꾸는 장치야."

"이 배의 동력이 여기서 공급된다는 건가요?" 하룬은 당황하지 않고 침착하게 되물었습니다.

"맞았어. 지구의 교육도 완전히 정지 상태에 빠지진 않은 모양이군."

이때 예기치 못한 일이 일어났습니다.

교주한테서 몇 발짝 떨어진 열린 현창을 통해 기묘한 뿌리 같은 덩굴손이 검은 배 안으로 들어오기 시작한 것입니다. 덩굴손은 엄청나게 빠른 속도로 들어왔습니다. 그것은 일정한 형태를 이루지 않은 거대한 식물 덩어리였고, 그 속에 라일락 빛깔의 꽃 한 송이가 피어 있었습니다. 하룬의 가슴이 기쁨으로 크게 고동쳤습니다. "말……." 하룬은 말끔이의 이름을 부르려다가 얼른 입을 다물었습니다.

(하룬은 나중에 알았지만) 말끔이는 생명 없는 뿌리 덩어리의 형태로 돌아가 포로가 되는 것을 모면했던 것입니다. 말끔이는 물 위에 떠서 천천히 검은 배 쪽으로 다가온 다음, 몸을 이룬 덩굴손에 나 있는 빨판을 이용하여 담쟁이처럼 배 바깥쪽을 기어올랐습니다. 이제 말끔이가 극적인 침입을 끝내고 순식간에 좀 더 친숙한 말끔이의 형태로 돌아왔을 때 경보가 울렸습니다.

"침입자다! 침입자 경보!"

"어둠을 켜!" 카탐슈드가 외쳤습니다. 여느 때의 무기력한 태도가 가면처럼 떨어져 나갔습니다.

말끔이는 빠른 속도로 발전기를 향해 움직이기 시작했습니다. '암구'들이 켜지기 전에 말끔이는 희미한 빛 때문에 (세련된 선글라스를 썼는데도) 시력이 떨어진 수많은 잠잠족 경비병들을 피해 그 거대한 기계에 이르렀습니다. 수상 정원사는 발전기에 이르자마자 잠시도 쉬지 않고 공중으로 펄쩍 뛰어오르면서 몸을 분해하여 뿌리와 덩굴손을 발전기에 내던지고, 발전기 구석구석으로 파고들어 갔습니다.

회로가 터지고 물림기어가 망가지면서 와장창하는 요란한 파열음과 우당탕거리는 소리가 연달아 들리기 시작하더니, 강력한 발전기가 심하게 흔들리면서 멈춰 섰습니다. 배의 모든 동력이 당장 차단되었습니다. 교반기는 휘젓기를 멈추었고, 윙윙 소리를 내며 돌아가던 기계는 회전을 멈추었습니다. 혼합기는 혼합을 멈추었고, 수선기는 수선을 멈추었습니다. 압착기는 압착을 멈추었고, 냉동기는 냉동을 멈추었습니다. 독물 저장기는 저장을 멈추었고, 독물 주입기는 주입을 멈추었습니다. 모든 작업이 정지했습니다!

"말끔이 만세!" 하룬은 환호했습니다. "잘했어. 아주 좋아!"

잠잠족 경비병들이 떼로 몰려와 말끔이를 공격했습니다. 맨손으로 말끔이를 잡아당기고, 도끼와 칼로 말끔이를 난도질했습니다. 하지만 카탐슈드가 '이야기 바다'에 쏟아부은 고농축 독도 견딜 만큼 강인한 생물은 벼룩에 물린 정도의 통증을 느꼈을 뿐, 그 정도 공격에는 꿈쩍도 하지 않았습니다. 말끔이는 발전기가 빨리 수리될 가망이 없을 만큼 망가졌다는 확신이 설 때까지 발전기에 달라붙어 있었습니다. 그렇게 기계에 매달려 있는 동안, 말끔이는 정원사답게 거친 태도로 그의 입 구실을 하는 라일락 꽃을 통해 노래를 부르기 시작했습니다.

꽃을 꺾을 수는 있어.
나무를 자를 수도 있어.
간을 난도질할 수도 있어.
하지만 나를 벨 수는 없어!

의견을 바꿀 수는 있어.
손날로 내리칠 수도 있어.
잡채를 요리할 수도 있어.
하지만 나를 벨 수는 없어!

'좋아.' 하룬은 카탐슈드의 주의가 말끔이에게 쏠려 있는 것을 보고 속으로 중얼거렸습니다. '자, 하룬, 이젠 네 차례야. 지금 하지 않으면 기회는 영원히 없어.'

비상용품인 '바이트 라이트'는 아직 하룬의 혀 밑에 감추어져 있었습니다. 하룬은 재빨리 그것을 잇새에 끼우고 힘껏 깨물었습니다.

하룬의 입에서 쏟아져 나온 빛은 태양만큼 눈부셨습니다! 주위에 있던 잠잠족은 모두 눈이 멀었습니다. 그들은 침묵의 맹세를 깨고 욕설을 내뱉으면서 보이지 않는 눈을 움켜잡았습니다.

카탐슈드까지도 눈부신 빛을 피해 비틀거리며 뒷걸음쳤습니다.

하룬은 평생 그렇게 빨리 움직여 본 적이 없을 만큼 잽싸게 움직였습니다. 우선 '바이트 라이트'를 입에서 꺼내 머리 위로 높이 쳐들었습니다. 이제 빛은 사방으로 쏟아져, 그 거대한 배의 넓은 내부를 환히 비추었습니다.

'너복설과 본부의 빛나리들도 확실히 한두 가지는 아는 게 있군.' 하룬은 경탄하면서 생각했습니다. 하지만 째깍째깍 시간이 흐르고 있었기 때문에 하룬은 이제 달리고 있었습니다. 카탐슈드 곁을 지나갈 때, 하룬은 빈손을 뻗어 교주가 들고 있는 후투티 하지만의 두뇌 상자를 낚아챘습니다. 하룬은 잠잠족 잠수부들의 방독복이 들어 있는 벽장에 이를 때까지 계속 달렸습니다. 벌써 1분이 지났습니다.

하룬은 후투티 하지만의 두뇌를 잠옷 주머니에 집어넣고 잠수복을 입기 시작했습니다. 하룬은 두 손을 자유롭게 쓸 수 있도록 '바이트 라이트'를 가까운 난간 위에 올려놓았습니다. '이 옷은 도대체 어떻게 입는 거야?' 잠수복이 잘 입혀지지 않자 하룬은 짜증이 나서 투덜거렸습니다. (자줏빛 헝겊을 댄 기다란 빨간색 잠옷을 입은 채, 잠수복을 머리부터 뒤집어쓰려고 애쓰는 것은 전혀 도움이 되지 않았습니다.) 시간은 계속 흘러갔습니다.

하룬은 잠수복과 씨름하느라 미친 듯이 바빴지만, 많은 것들을 알아차렸습니다. 예를 들면 카탐슈드가 물의 정령 만약의 푸른색 구레나룻을 움켜잡은 것을 알아차렸습니다. '어떤 잠잠족에게도 그림자가 없다'는 사실도 알아차렸습니다! 그것은 무엇을 의미하는가. 카탐슈드가 추종자인 '지퍼로 채운 입술' 동맹원들에게 그림자를 떼어 내는 방법을 가르쳐 주었다고 결론지을 수밖에 없었습니다.

'그러니까 여기 있는 건 모두 그림자야.' 하룬은 깨달았습니다. '배도, 지퍼로 채운 입술 동맹원들도, 카탐슈드 자신도 그림자야. 만약과 말끔이, 후투티 하지만과 나만 빼고 여기 있는 물건과 사람은 모두 고체성을 부여받은 그림자일 뿐이야.'

하룬이 세 번째로 알아차린 것은 '바이트 라이트'의 눈부신 빛이 검은 배의 내부를 가득 채웠을 때 배 전체가 잠깐 흔들리는 것 같았다는 것이었습니다. 배는 흔들리면서 덜 단단해지고 더 그림자처럼 보였습니다. 잠잠족들도 흔들렸고, 몸 가장자리가 희미해지면서 입체감을 잃기 시작했습니다.

'해가 뜨기만 하면 저놈들은 모두 녹아 버리겠구나.' 하룬은 깨달았습니다. '저놈들이 실제로는 그림자니까, 그림자처럼 일정한 형태가 없이 납작해지겠어!'

하지만 그 어스름 속에서는 한 줄기 햇빛도 찾을 수 없었습니다. 시간이 흘러가고 있었습니다. '바이트 라이트'가 빛을 내는 2분이 지났을 때, 하룬은 잠수복 지퍼를 올리고 잠수 안경을 쓰고 현창에서 몸을 던져 오염된 바다로 뛰어들었습니다.

몸이 물에 닿는 순간, 무서운 절망감이 하룬을 사로잡았습니다. '하룬, 이제 어떡할 거야?' 하룬은 자신에게 물었습니다. '수다 시까지 헤엄쳐서 돌아갈래?'

하룬은 한참 동안 바닷물을 가르며 내려갔습니다. 깊이 내려갈수록 '이야기 흐름'은 덜 오염되어 있어서 앞을 보기가 쉬웠습니다.

'마개'가 눈에 띄었습니다. 잠잠족 잠수부들이 마개에 부품을 볼트로 고정시키고 있었습니다. 다행히 그들은 너무 바빠서 하룬에게 주의를 기울일 겨를이 없었습니다. 마개는 크기가 축구장만 했고, 모양은 타원형이었습니다. 하지만 가장자리는 고르지 않고 깔쭉깔쭉했습니다. '이야기의 원천'인 샘에 딱 들어맞도록 만들어지고 있었기 때문입니다. 마개와 샘의 모양은 완전히 똑같아야 했습니다.

하룬은 계속 내려갔습니다. 그리고 놀랍게도 '이야기의 원천'이 시야에 들어왔습니다.

'이야기의 원천'은 바다 밑바닥에 뚫린 구멍이나 틈새나 분화구였습니다. 그 구멍을 통해서 이바구의 심장에서 오염되지 않은 순수한 이야기들이 뽀글뽀글 거품을 내며 뜨겁게 달아오른 것처럼 붉은빛을 띠고 흘러나오고 있었습니다. '이야기 흐름'은 너무 많았습니다. 다채로운 색깔을 띤 수많은 흐름이 한꺼번에 '이야기의 원천'에서 쏟아져 나오고 있어서, 반짝이는 하얀빛을 내는 거대한 수중 분수처럼 보였습니다. 그 순간 하룬은 '이야기의 원천'이 마개로 막히는 것을 막을 수만 있다면 결국 만사가 다시 잘 되리라는 것을 깨달았습니다. 새로워진 '이야기 흐름'들은 오염된 물을 정화할 것이고, 카탐슈드의 계획은 실패로 끝날 것입니다.

이제 내려갈 수 있는 한계점에 다다른 하룬은 수면을 향해 올라가면서 진심으로 생각했습니다. '아아, 내가 할 수 있는 일이 있다면 얼마나 좋을까.'

그 순간, 우연처럼 하룬의 손이 잠수복 넓적다리를 스쳤습니다. 하룬은 잠수복 속에 입은 잠옷 주머니가 불룩한 것을 느꼈습니다. '이상하다. 후투티 하지만의 두뇌 상자는 분명히 반대쪽 주머니에 넣어 두었는데.' 그때 하룬은 그 주머니에 무엇이 들어 있는지를 생각해 냈습니다. 이바구에 처음 도착했을 때 넣어 둔 뒤 지금까지 까맣게 잊고 있었습니다. 그 순간 하룬은 자신이 할 수 있는 일이 있다는 것을 문득 깨달았습니다.

하룬은 수면으로 올라와 잠수 안경을 들어 올리고 (오염된 바닷물이 얼굴에 닿지 않도록 조심하면서) 공기를 몇 번 들이마셨습니다. 재수 좋게도─'이젠 내가 행운을 얻을 때도 됐지.' 하고 하룬은 생각했습니다—하룬이 떠오른 곳은 불구가 된 후투티 하지만이 묶여 있는 건널판자 바로 옆이었습니다. 카탐슈드가 하룬을 다시 잡아 오라고 보낸 수색대는 더 잘 보기 위해 '암구'를 끼운 손전등을 들고 빈터를 가로질러 잡초 밀림을 향해 나아가고 있었습니다. '암구' 손전등에서 길게 뻗어 나온 칠흑 같은 어둠 줄기가 잡초 밀림을 샅샅이 훑었습니다.

'좋아. 저놈들이 오랫동안 저쪽 방향을 수색했으면 좋겠군.' 하룬은 물에서 건널판자로 올라간 다음, 잠수복을 벗고 후투티 하지만의 두뇌 상자를 꺼냈습니다. '후투티, 나는 기술자가 아니야.' 하룬이 중얼거렸습니다. '하지만 이걸 다시 제자리에 끼워 넣을 수 있는지, 어디 한번 해 보자.'

다행히 잠잠족들은 후투티의 머리 뚜껑을 나사못으로 죄어 놓지 않았습니다. 하룬은 몰래 하지만의 등에 올라탄 다음, 머리 뚜껑을 들어 올리고 안을 들여다보았습니다.

텅 빈 머리 속에는 세 가닥의 전선이 있었습니다. 하룬은 두뇌 상자에서 그 전선을 연결해야 하는 콘센트 세 개를 찾았습니다. '하지만 어느 전선을 어느 콘센트에 연결해야 하지?' 하룬이 속으로 말했습니다. '좋아. 어디 한번 해 보자.' 하룬은 세 가닥의 전선을 아무렇게나 되는 대로 콘센트에 꽂았습니다.

후투티 하지만은 낄낄거리고 꽥꽥거리고 그 밖의 온갖 야릇한 소리를 냈습니다. 그러다가 느닷없이 묘한 노래를 부르기 시작했습니다.

너는 노래를 불러야 돼. 어허야디야.
그리고 너는 그를 어허야디야라고 불러.

"내가 전선을 잘못 연결해서 후투티를 미치게 해 버렸나 봐."
하룬은 당황해서 큰 소리로 말했습니다. "후투티, 제발 조용히
해."

"보라, 보라! 생쥐다. 평화, 평화다! 이 구운 치즈 조각만 있으
면 충분해." 후투티 하지만은 아무 뜻도 없는 소리를 질렀습니
다.

"문제없어."

하룬은 서둘러 전선 세 가닥을 콘센트에서 빼내어 다른 콘센
트에 꽂았습니다. 그러자 후투티 하지만은 사나운 야생마처럼
등에 탄 사람을 떨어뜨리려고 펄쩍 뛰어오르기 시작했습니다.
하룬은 바다로 떨어지지 않으려고 서둘러 전선을 빼냈습니다.

"세 번째는 운이 좋을 거야." 하룬은 숨을 한 번 깊이 들이마
시고 다시 전선을 연결했습니다.

"왜 이렇게 오래 걸렸어?" 후투티 하지만이 귀에 익은 목소리
로 말했습니다. "이제 다 고쳐졌어. 어서 가자. 부릉부릉! 부르
릉!"

"잠깐 기다려, 후투티." 하룬이 속삭였습니다. "너는 거기 앉아서 아직도 두뇌가 없는 척해. 나는 또 할 일이 있어."

이제 드디어 하룬은 잠옷의 다른 주머니에 손을 넣어 다면체 수정으로 만든 작은 병을 꺼냈습니다. 작은 황금 마개가 씌워진 병에는 물의 정령 만약이 준 마법의 황금빛 액체가 아직도 절반쯤 남아 있었습니다. 그것이 벌써 몇 년 전의 일처럼 여겨졌습니다. 그 액체는 '소원의 물'이었습니다. "간절하게 바랄수록 효과가 좋아진다."고 물의 정령은 말했습니다. 진지하게 소원을 빌면 '소원의 물'도 하룬을 위해 진지하게 노력할 거라고 말입니다.

"이건 11분보다 더 긴 시간이 필요할지도 몰라." 하룬은 후투티 하지만에게 속삭였습니다. "하지만 나는 잘 해낼 거야. 후투티, 너는 구경만 해."

이렇게 말하면서 하룬은 황금 마개를 열고 '소원의 물'을 마지막 한 방울까지 다 마셨습니다.

하룬이 볼 수 있는 것은 황금빛뿐이었습니다. 황금빛이 숄처럼 하룬을 감쌌습니다.

"나는 바란다." 하룬 칼리파는 두 눈을 꼭 감고 온 몸과 마음으로 간절하게 소원을 빌었습니다. "이바구 달이 회전하기를 바란다. 그래서 더 이상 절반은 영원한 빛 속에 있고 나머지 절반은 영원한 어둠 속에 있지 않기를 바란다. 나는 이바구가 지금이 순간 회전하기를 바란다. 그래서 뜨거운 정오의 태양이 검은 배 위에서 눈부시게 빛나기를 바란다."

"굉장한 소원이군." 후투티 하지만의 목소리가 감탄한 듯이 말했습니다. "아주 재미있을 거야. 너의 의지력이 '너무 복잡해서 설명할 수 없는 과정'과 맞서고 있어."

시간이 지나갔습니다. 1분, 2분, 3분, 4분, 5분. 하룬은 시간 가는 것도 잊은 채 후투티 하지만의 등 위에 길게 드러누워 있었습니다. 모든 것을 잊고, 오로지 소원만 생각하고 있었습니다. 잡초 밀림에서는 잠잠족 수색대가 엉뚱한 곳을 찾고 있다는 판단을 내리고, 검은 배 쪽으로 돌아오기 시작했습니다. '암구'를 끼운 손전등이 어스름 속에 어둠 줄기를 쏘아 보냈습니다. 다행히 후투티 하지만은 그 어둠 줄기를 하나도 받지 않았습니다. 몇 분이 더 지나갔습니다. 6분, 7분, 8분, 9분, 10분.

11분이 지났습니다.

하룬은 여전히 눈을 감고 정신을 집중한 채 드러누워 있었습니다.

잠잠족 수색대의 손전등에서 나온 어둠 줄기 하나가 하룬을 포착했습니다. 수색대의 쉿쉿거리는 소리가 수면에 거품을 일으켰습니다. 그들은 검은 해마를 타고 최대한 빨리 후투티 하지만을 향해 달려왔습니다.

그 순간 강력한 요동과 요란한 진동이 일어나면서 하룬 칼리파의 소원이 이루어졌습니다.

이바구가 회전을, 그것도 급회전을 시작한 것입니다. 하룬이 소원을 빌 때 특별히 말한 대로 낭비할 시간이 없었기 때문입니다. 이바구가 회전하면서 빠른 속도로 해가 떠올랐습니다. 태양은 순식간에 떠올라 바로 머리 위에 이르자, 거기서 딱 멈추었습니다.

하룬이 그 순간 수다 시에 있었다면, '너복설과' 본부의 빛나리들이 경악하는 모습을 보고 즐거워했을지도 모릅니다. '영원한 낮'과 '영원한 어둠'과 그 사이의 '어스름 지대'를 유지하기 위해 달의 움직임을 통제한 거대한 슈퍼컴퓨터와 거대한 자이로스코프들이 미친 듯이 제멋대로 움직이다가 마침내 폭발해서 날아가 버렸습니다.

빛나리들은 경악하여 바다코끼리에게 보고했습니다.

"무엇이 이런 짓을 하고 있는지 모르지만…… 어쨌든 그것은 우리가 통제하기는 고사하고 상상조차 할 수 없는 강력한 힘을 가지고 있습니다."

하지만 하룬은 수다 시에 있지 않았습니다. 수다 시민들은 난생처음 어둠이 수다 나라를 뒤덮고 은하수의 별들이 하늘을 가득 채우자, 입을 딱 벌리고 길거리로 뛰쳐나왔습니다. 하룬은 후투티 하지만의 등 위에서 눈을 뜨고, 눈부신 햇살이 바닷물과 검은 배에 내리쬐고 있는 것을 보았습니다.

"세상에!" 하룬이 말했습니다. "내가 해냈어! 정말로 내가 해 냈어!"

"나는 한순간도 너를 의심하지 않았어." 후투티 하지만이 부 리를 움직이지 않고 대답했습니다. "의지력으로 달 전체를 움직 인다고? 그래, 나는 문제없다고 생각했어."

주위에서 놀라운 일들이 일어나기 시작했습니다. 잠잠족 수 색대가 검은 해마를 타고 하룬 쪽으로 달려오다가 햇빛을 받고 는 비명을 지르며 쉿쉿거리기 시작했습니다. 이어서 잠잠족과 해마들의 윤곽이 희미해지더니 녹아내리기 시작했습니다. 그들 은 치명적인 독으로 오염된 산성 바닷물 속으로 가라앉으면서 평범한 그림자로 변했고, 마침내 지글지글 소리를 내면서 완전 히 사라졌습니다.

"저것 봐." 하룬이 소리쳤습니다. "배가 어떻게 되고 있는지 보라고!"

햇빛은 카탐슈드의 흑마술을 원래 상태로 돌려놓았습니다. 그 밝은 빛 속에서는 그림자들이 고체성을 유지할 수 없었습니 다. 거대한 배 자체가 녹기 시작했습니다. 실수로 햇빛 속에 내 놓은 채 내버려 둔 산더미 같은 아이스크림처럼 배가 형체를 잃 어버리기 시작했습니다.

"만약 씨! 말끔아!" 하룬이 소리쳐 불렀습니다.

후투티 하지만이 조심하라고 경고했는데도 하룬은 건널판자

(이 건널판자도 시시각각 물렁해지고 있었습니다)를 지나 요동치는 갑판으로 달려갔습니다.

하룬이 갑판에 도착했을 때쯤에는 갑판이 너무 끈적거리고 물렁물렁해서, 타르나 아교 위를 걸어가고 있는 듯한 느낌이 들었습니다. 잠잠족 병사들은 새된 소리로 비명을 지르며 미친 듯이 뛰어다니다가 하룬의 눈앞에서 스르르 녹아 그림자 웅덩이가 되었지만, 그것도 완전히 사라져 버렸습니다. 햇빛이 카탐슈드의 마법을 파괴한 이상, 그림자는 어떤 사람이나 사물의 그림자로서 실체에 달라붙어야만 존재할 수 있고, 그런 실체가 없이는 어떤 그림자도 살아남을 수 없기 때문입니다. 교주, 정확히 말하면 교주의 '그림자 자아'는 어디에도 보이지 않았습니다.

독물은 갑판 위 가마솥에서 증발하고 있었습니다. 가마솥 자체도 물렁물렁해져서 검은 버터처럼 녹고 있었습니다. 거대한 사슬 끝에 마개를 매달고 있는 대형 기중기조차 강렬한 햇빛 속에서 맥없이 축 늘어져 비스듬히 기울어지고 있었습니다.

물의 정령과 수상 정원사는 두 개의 독물 가마솥 위에 매달려 있었습니다. 그들의 허리에 감긴 밧줄은 가마솥 옆에 서 있는 작은 기중기에 고정되어 있었습니다. 하룬이 그들을 발견한 순간 밧줄이 끊어졌습니다(밧줄도 그림자로 짜여 있었습니다). 만약과 말끔이는 사악한 가마솥 안으로 떨어져 시야에서 사라졌습니다. 하룬은 괴로운 비명을 내질렀습니다.

하지만 가마솥 안의 독물은 햇빛에 증발하여 바싹 말라 있었습니다. 가마솥 자체도 말랑말랑해져서, 하룬이 지켜보고 있는 동안 만약과 말끔이는 맨손으로 가마솥의 일부를 잡아당겨 충분히 빠져나올 수 있을 만큼 커다란 구멍을 만들었습니다. 가마솥들은 녹고 있는 치즈처럼 부드러워졌고, 갑판도 마찬가지였습니다.

"여기서 나가요." 하룬이 말했습니다.

모두 하룬을 따라서 건널판자를 내려갔습니다. 건널판자도 녹아서 고무처럼 말랑말랑해져 있었습니다. 만약과 하룬은 후투티 하지만의 등에 올라탔고, 말끔이는 물 위로 걸음을 내디뎠습니다.

"임무 완수." 하룬이 기뻐서 소리쳤습니다. "후투티, 전속력으로 전진!"

"부릉. 브르릉!" 후투티 하지만이 부리를 움직이지 않고 말했습니다.

후투티는 말끔이가 잡초 밀림에 뚫어 놓은 수로를 향해 빠른 속도로 검은 배에서 멀어지기 시작했습니다. 그때 건강이 좋지 않은 듯한 소리가 들리더니 후투티 하지만의 두뇌 속에서 무언가가 타는 냄새가 났습니다. 그들은 멈춰 섰습니다.

"퓨즈가 나갔어." 만약이 말했습니다.

"내가 전선을 잘못 연결했나 봐요." 하룬이 부끄러운 투로 말했습니다. "아주 잘 해낸 줄 알았는데. 이제 후투티는 망가졌어요. 다시는 작동하지 않을 거예요."

"기계 두뇌의 장점은 언제든지 수리할 수 있고, 분해해서 정비할 수 있고, 심지어는 새것으로 교체도 할 수 있다는 거야." 만약이 하룬을 위로했습니다. "수다 시의 정비소에는 항상 여분의 두뇌가 있지. 후투티를 그곳까지 데려갈 수만 있다면 다시 건강을 회복해서 정상으로, 더할 나위 없이 훌륭한 일급 후투티로 돌아갈 수 있을 거야."

"과연 우리가 돌아갈 수 있을까요?" 하룬이 말했습니다.

그들은 구조될 가망이라고는 전혀 없이 '고전 구역'을 표류하고 있었습니다. 온갖 위험과 고난을 헤치고 나왔는데 이런 결과로 끝나는 것은 공정하지 않다고 하룬은 생각했습니다.

"내가 잠시 밀어 볼게."

말끔이가 말하고는 후투티를 밀기 시작했을 때, 카탐슈드의 검은 배가 무언가를 빨아들이는 듯한 야릇하고 구슬픈 소리를 내면서 마침내 완전히 녹아 사라졌습니다. 마개도 바다 밑바닥에 떨어졌지만, 아직 완성되지 않았기 때문에 '이야기의 원천'을 완전히 틀어막지 못해 아무런 해도 끼치지 않았습니다. 신선한 이야기들은 앞으로도 계속 그 원천에서 쏟아져 나올 것이고, 그래서 언젠가 바다는 다시 깨끗해질 것이고, 가장 오래된 이야기를 포함하여 모든 이야기들은 새것처럼 좋은 맛을 낼 것입니다.

말끔이는 더 이상 그들을 밀 수 없었습니다. 기진맥진한 말끔이는 후투티의 등에 쓰러졌습니다. 이제 오후도 절반이 지나갔습니다(이바구의 자전 속도는 다시 정상으로 안정되었습니다). 그들은 어찌 할 바를 모른 채 남극해를 표류했습니다.

바로 그때, 옆의 물속에서 뽀글뽀글 거품이 올라왔습니다. 하룬은 다구어들의 미소 짓는 입을 보고 안도의 한숨을 내쉬었습니다.

"시끌아! 와글아!" 하룬은 반갑게 다구어들에게 인사를 했습니다.

그러자 다구어들이 운을 맞추어 대구로 답했습니다.

"이제는 걱정하지 마! 두려워하지 마라!"

"우리가 곧 너를 데리고 여기서 나갈 테니까."

"너는 할 만큼 했어! 이제는 고삐를 던지고 쉬어라!"

"우리가 곧 너를 안전한 곳으로 데려가 줄 테니까."

그래서 시끌이와 와글이는 후투티의 고삐를 입에 물고 일행을 '고전 구역'에서 끌고 나갔습니다.

"카탐슈드는 어떻게 됐을까." 마침내 하룬이 말했습니다.

만약은 만족스럽게 어깨를 으쓱했습니다.

"파멸했어. 그건 보증할 수 있어. 그놈은 빠져나갈 길이 없어.

부하들과 마찬가지로 녹아서 사라져 버렸어. 끝장이야. 교주는 이제 과거의 역사가 됐어. 안녕히 가시라. 교주는 카탐슈드라는 이름 그대로 완전히 끝났어."

"그건 '그림자 자아'일 뿐이었다는 걸 잊지 마세요." 하룬이 진지하게 지적했습니다. "또 다른 교주, 그러니까 진짜 교주는 지금 아마 서책 장군과 쪽들, 무드라와 우리 아버지, 그리고 조잘이와 결전을 벌이고 있을 거예요." 이렇게 말하면서 하룬은 속으로 생각했습니다. '조잘이는 조금이라도 나를 그리워하고 있을까?'

'어스름 지대'였던 곳은 이제 마지막 햇빛을 받고 있었습니다. '지금부터 이바구는 감각기관으로 느낄 수 있는 낮과 밤을 가진 달이 될 거야.' 하룬은 생각했습니다. 멀리 북동쪽에 오랜만에 처음으로 석양빛을 받은 잠잠 나라의 해안선이 보였습니다.

11

바락 공주

이제 나는 하룬이 '고전 구역'에 있는 동안 다른 곳에서 일어난 일들을 여러분에게 서둘러 이야기해야 합니다.

바락 떠버리 공주가 잠잠 요새에서도 가장 높은 탑의 꼭대기 방에 갇혀 있었던 것은 여러분도 기억할 것입니다. 온통 검은 얼음으로만 지은 그 거대한 성은 거대한 익수룡이나 시조새처럼 잠잠 시 위로 어렴풋이 떠올라 있었습니다. 따라서 수다족 군대가 서책 장군과 허랑 왕자, 그림자-전사 무드라를 앞세워 진격한 곳은 바로 잠잠 시였습니다.

잠잠 시는 '영원한 어둠'의 한복판에 있었고, 공기가 너무 차가워서 코에 고드름이 얼 정도였습니다. 그렇게 생긴 고드름은 떼어 낼 때까지 코에 매달려 있었습니다. 그래서 잠잠 시민들은 둥근 코싸개를 대서 코를 따뜻하게 했습니다. 코싸개가 검은색이 아니었다면 서커스단의 어릿광대처럼 보였을 것입니다.

수다 왕국의 쪽들은 영원한 어둠 속으로 진격할 때 빨간 코싸개를 지급받았습니다. '이러니까 정말로 어릿광대들끼리 붙은 전쟁처럼 보이는군.' 이야기꾼 라시드는 빨간 코싸개를 코에 대면서 생각했습니다. 허랑 왕자는 코싸개가 품위를 떨어뜨린다고 생각했지만, 고드름이 대롱대롱 매달린 코는 그보다 더 품위가 없다는 것을 알았습니다. 그래서 허랑 왕자는 벌레 씹은 표정으로 코싸개를 계속 대고 있었습니다.

머리를 보호해 주는 헬멧도 있었습니다. 수다군 병사들은 라시드가 본 적도 없는 기묘한 헬멧을 지급받았습니다. 가장자리에 두른 띠는 헬멧을 쓰면 눈부시게 빛났습니다. 그래서 수다군 병사들은 천사나 성자들의 군대처럼 보였습니다. 빛나는 후광이 머리를 감싸고 있었기 때문입니다. 이 '빛의 고리'를 모두 합하면, 수다족이 영원한 어둠 속에서도 적을 볼 수 있을 만큼 환해질 것입니다. 반면에 잠잠족은 세련된 선글라스를 써도 그 후광 때문에 눈이 부실 것입니다.

'이건 확실히 최첨단 기술을 이용한 전쟁이군.' 라시드는 빈정거리는 투로 생각했습니다. '어느 쪽 군대도 앞을 제대로 보지 못한 채 싸울 테니까 말이야.'

잠잠 시 교외에 넓게 펼쳐져 있는 '말하지 마' 평원이 전쟁터가 되었습니다. 이 평원은 양쪽 끝에 작은 언덕이 솟아 있어서, 양군 지휘관들이 천막을 치고 전투 상황을 지켜볼 수 있었습니다. 서책 장군과 허랑 왕자와 무드라는 수다군 사령부가 있는 언덕에서 이야기꾼 라시드(무드라의 몸짓언어를 통역해 줄 수 있는 것은 라시드뿐이었기 때문에 없어서는 안 될 존재였습니다)와 쪽들의 분견대—일명 '팸플릿'—와 합류했습니다. 전령과 호위병 역할을 맡은 '팸플릿'에는 조잘이도 포함되어 있었습니다. 빨간 코 때문에 다들 좀 덜떨어져 보이는 수다군 지휘관들은 전투를 앞두고 가벼운 식사를 하기 위해 막사 안에 자리를 잡았습니다. 그들이 식사를 하는 동안, 잠잠족 한 명이 말을 타고 그들을 만나러 왔습니다. 사무원처럼 보이는 그 작달막한 사내는 두건 달린 망토에 '지퍼로 채운 입술' 휘장을 달고 휴전의 백기를 들고 있었습니다.

"무슨 일이냐?" 허랑 왕자가 씩씩하면서도 좀 미련하게 말했습니다. 그러고는 무례하게 덧붙였습니다. "이런! 너는 정말 족제비처럼 교활하고 코를 훌쩍거리고 콧물을 질질 흘리는 지저분한 놈이구나."

"그만하게, 허랑." 서책 장군이 큰 소리로 말했습니다. "백기를 들고 오는 특사에게 그런 식으로 말하면 안 되지."

특사는 아무래도 상관없다는 듯 불쾌하게 히죽 웃고 나서 말했습니다.

"위대한 카탐슈드 교주께서는 이 메시지를 전달할 수 있도록 침묵의 맹세에서 특별히 나를 풀어 주셨다." 그는 쉿쉿거리는 낮은 소리로 말했습니다. "교주께서는 그대들에게 경의를 표하고, 그대들이 잠잠 나라의 신성한 땅에 불법 침입하고 있음을 알리는 바이다. 교주께서는 그대들과 협상을 하지도 않을 것이고, 남의 일에 참견하기 좋아하는 바락이라는 염탐꾼을 넘겨주지도 않을 것이다. 하지만 그 여자는 너무 시끄러워." 특사가 덧붙였습니다. 그것은 분명 특사 자신의 의견이었습니다. "그 여자는 노래로 우리 귀를 괴롭히고 있어! 그리고 그 여자의 코와 이로 말할 것 같으면……."

"거기에 대해서는 자세히 말할 필요가 없다." 서책 장군이 말을 가로막았습니다. "괘씸한 놈! 우리는 네 의견 따위에는 아무 관심도 없다. 네가 가져온 메시지나 마저 전달하라."

잠잠족 특사는 헛기침을 했습니다.

"그래서 카탐슈드는 그대들한테 경고한다. 당장 철수하라. 그렇지 않으면 그대들을 전멸시키는 것으로 불법 침입을 응징하겠다. 그리고 수다의 허랑 왕자는 바락 떠버리의 꽥꽥 소리치는 입을 꿰매는 장면을 직접 볼 수 있도록 쇠사슬에 묶여 요새로 보내질 것이다."

"깡패, 악당, 건달, 상놈, 불량배!" 허랑 왕자가 소리쳤습니다.

"나는 네놈의 귀를 잘라서 버터와 마늘을 넣고 볶아서 사냥개 한테 먹이겠다!"

"하지만……" 잠잠족 특사는 분노를 터뜨린 허랑의 말을 완전히 무시하고 말을 이었습니다. "너희가 허락한다면, 너희가 완전히 패배하기 전에 잠시 너희를 즐겁게 해 주라는 명령을 받았다. 나는 주제넘게 말하면 잠잠 시에서 가장 뛰어난 저글링 곡예사인데, 너희가 원한다면 저글링 곡예로 너희를 즐겁게 해 주라는 명령을 받았다."

허랑 왕자 뒤에 서 있던 조잘이가 불쑥 말했습니다.

"그 말을 믿지 마세요. 속임수예요."

논쟁을 좋아하는 서책 장군은 조잘이가 제기한 문제를 기꺼이 토론에 붙이고 싶은 눈치였지만, 허랑 왕자는 위엄 있게 팔을 흔들며 소리쳤습니다.

"조용히 해, 쪽! 상대의 호의를 받아들이는 것이 기사도야!"

이어서 허랑 왕자는 잠잠족 특사를 향해 최대한 거만하게 말했습니다.

"너의 저글링 곡예를 보도록 하겠다."

특사는 곡예를 시작했습니다. 우선 망토 속에서 어리둥절할 만큼 다양한 물건—흑단으로 만든 공, 술병 모양의 핀 아홉 개, 비취를 깎아서 만든 작은 입상, 도자기 찻잔, 살아 있는 거북, 불붙인 담배, 모자—을 꺼내 공중으로 던져 올렸습니다. 물건들이 어지럽게 소용돌이치며 고리 모양으로 빙글빙글 돌았습니다. 손놀림이 빨라질수록 저글링 곡예는 더욱 복잡해졌습니다. 관중은 그의 솜씨에 완전히 매료되어 최면술에 걸린 것처럼 넋을 잃었습니다. 공중을 날고 있는 물건들의 행렬에 여분의 물건이 또 하나 추가된 순간을 목격한 사람은 그 막사 안에서 조잘이 하나뿐이었습니다. 그것은 작지만 무거운 직사각형 상자였고, 상자에서 삐죽 튀어나온 것은 불타고 있는 짧은 도화선……

"조심하세요!" 조잘이가 고함을 지르면서 앞으로 달려 나와 허랑 왕자를 (그가 앉아 있는 의자와 함께) 옆으로 날려 보냈습니다. "폭탄이다!"

두 걸음 만에 잠잠족 특사 앞에 이른 조잘이는 날카로운 눈과 놀라운 저글링 솜씨를 이용하여, 공중에서 춤추며 오르내리는 물건들 속에서 폭탄을 골라냈습니다. 다른 쪽들은 잠잠족 특사를 붙잡았고, 비취 입상과 도자기 찻잔과 거북들은 모두 땅바닥으로 떨어졌습니다. 그러나 조잘이는 두 다리를 최대한 빨리 놀려서 사령부 언덕 가장자리로 달려가고 있었습니다. 가장자리에 이르자 조잘이는 폭탄을 언덕배기 아래로 힘껏 내던졌습니다. 폭탄은 터져서 거대한 (그러나 이제는 아무 해도 없는) 검은 불꽃 덩어리가 되었습니다.

헬멧이 조잘이의 머리에서 떨어졌습니다. 조잘이의 긴 머리가 폭포수처럼 어깨로 흘러내려 모든 사람의 눈에 노출되었습니다.

허랑 왕자와 서책 장군, 무드라와 라시드는 폭발음을 듣고 막사에서 뛰쳐나왔습니다. 조잘이는 숨을 헐떡이면서도 행복하게 웃고 있었습니다.

"정말 아슬아슬했어요." 조잘이가 말했습니다. "저 잠잠족은 소름이 돋을 만큼 음험한 녀석이에요. 폭탄을 터뜨려서 우리와 함께 죽을 각오가 되어 있었으니까요. 제가 뭐랬어요. 그건 속임수라고 했잖아요."

부하들이 '내가 뭐랬어요?' 하고 말하는 것을 좋아하지 않는 허랑 왕자가 날카롭게 쏘아붙였습니다.

"아니, 이게 뭐야? 조잘이, 너 여자냐?"

"알아차리셨군요." 조잘이가 말했습니다. "더 이상 남자인 체해 봤자 소용없죠."

"넌 나를 속였어." 허랑이 얼굴을 붉히면서 말했습니다. "감히 나를 속이다니."

조잘이는 허랑의 배은망덕에 격분했습니다.

"미안하지만 왕자님을 속이는 건 별로 어렵지 않아요. 저글링 곡예사들은 쉽게 왕자님을 속일 수 있는데, 여자들이 속이지 못할 이유가 어디 있어요?"

빨간 코싸개 뒤에서 허랑의 얼굴이 빨개졌습니다.

"넌 해고야." 허랑이 목청껏 외쳤습니다.

"허랑, 제기랄……." 서책 장군이 말하기 시작했습니다.

"아니에요. 전 해고당하지 않겠어요." 조잘이가 마주 소리를 질렀습니다. "저 스스로 그만두겠어요."

그림자-전사 무드라는 초록색 얼굴에 수수께끼 같은 표정을 띠고 이 상황을 지켜보고 있었습니다. 하지만 이제 그의 두 손이 움직이기 시작했고, 다리도 표현력이 풍부한 자세를 취하기 시작했고, 얼굴 근육도 꿈틀거리고 실룩거리기 시작했습니다. 라시드가 그 몸짓언어를 통역했습니다.

"전투가 시작되려고 하는데 우리끼리 싸우면 안 됩니다. 허랑 왕자가 저렇게 용감한 병사를 더 이상 필요로 하지 않는다면, 조잘이 양은 나를 위해 일해 줄 생각은 없는지요?"

이 말에 허랑 왕자는 풀이 죽어 부끄러워하는 것 같았고, 조잘이는 무척 기뻐하는 눈치였습니다.

마침내 전투가 시작되었습니다.

라시드 칼리파는 사령부 언덕에서 전투를 지켜보면서 수다군 쪽들이 참패를 당할까 봐 몹시 걱정하고 있었습니다. '쪽들이니까 찢어진다는 표현이 어울리겠군. 아니면 불태워진다고 하든가…….' 라시드는 갑자기 피에 굶주린 듯한 생각이 떠오른 데 깜짝 놀랐습니다. '전쟁은 사람을 잔인하게 만드나 봐.' 라시드는 속으로 중얼거렸습니다.

검은 코싸개를 한 잠잠족 군대는 너무 무시무시해 보여서 도저히 질 수 없을 것 같았습니다. 잠잠족 군대 위에는 위협적인 침묵이 안개처럼 깔려 있었습니다. 한편 수다족은 아직도 온갖 사소한 문제로 논쟁하느라 바빴습니다. 사령부 언덕에서 명령이 내려올 때마다 찬성파와 반대파가 그것을 충분히 토론해야 했습니다. 서책 장군이 직접 내린 명령도 마찬가지였습니다.

'이렇게 재잘재잘 지껄이고 떠들면서 어떻게 전투를 치를 수 있단 말인가?' 라시드는 당혹감에 고개를 갸웃거렸습니다.

이윽고 양쪽 군대는 서로를 향해 돌진했습니다. 하지만 라시드는 잠잠족이 수다족에게 저항하지 못하는 것을 보고 깜짝 놀랐습니다. 수다군 쪽들은 이제 모든 것을 충분히 토론했기 때문에 열심히 싸웠고, 단결을 유지하면서 필요하면 서로가 서로를 도와주었습니다. 전체적으로 그들은 공통된 목표를 가진 군대처럼 보였습니다. 그 모든 논쟁과 토론, 그 모든 개방성은 그들 사이에 동지라는 강력한 유대감을 낳았습니다. 반면에 잠잠족 군대는 분열된 오합지졸로 드러났습니다. 그림자-전사 무드라가 예언했듯이, 그들 대부분은 실제로 반항적인 자기 그림자와 싸워야 했습니다! 그리고 나머지는 침묵의 맹세와 비밀주의의 습관 때문에 서로 의심하고 불신했습니다. 그들은 자기네 장군도 믿지 않았습니다. 그 결과 잠잠족은 어깨와 어깨를 맞대고 협력하는 것이 아니라 서로 배신했고, 서로 등을 찔렀습니다. 상관에게 반항하고 몸을 숨기고 탈영했습니다. 수다족 군대와 잠깐 충돌한 뒤에는 무기를 모두 내던지고 달아나 버렸습니다.

'말하지 마' 평원에서 승리한 뒤, '도서관'이라고 불리는 수다 족 군대는 의기양양하게 잠잠 시에 입성했습니다. 많은 잠잠족 이 무드라를 보고 수다족 편으로 돌아섰습니다. 잠잠족 처녀들 은 검은 코싸개를 달고 얼어붙은 거리로 달려 나와, 빨간 코싸개 를 달고 머리 주위에 후광을 두른 수다족에게 검은 아네모네 화 환을 걸어 주었습니다. 또 키스도 해 주고, 그들을 '잠잠의 해방 자'라고 불렀습니다.

긴 머리를 더 이상 벨벳 모자나 후광 헬멧 속에 감추지 않고 풀어서 늘어뜨린 조잘이는 잠잠 시 젊은이들의 관심을 끌었습 니다. 하지만 조잘이는 라시드 칼리파와 마찬가지로 줄곧 무드 라 곁에 바싹 붙어 있었습니다. 라시드와 조잘이는 끊임없이 하 룬이 생각나는 것을 깨달았습니다. 하룬은 어디에 있을까? 무 사할까? 언제 돌아올까?

의기양양하게 나아가는 기계 말을 타고 앞장선 허랑 왕자가 여 느 때처럼 씩씩하지만 좀 미련하게 소리를 지르기 시작했습니다.

"카탐슈드, 어디 있느냐? 나와라. 네 부하들은 패했고, 이젠 네 차례다! 바락, 두려워하지 말아요! 허랑이 여기 왔소! 어디 있소? 바락, 소중한 내 사랑! 바락, 오오, 나의 바락!"

"잠깐만 조용히 하면 당신의 바락이 있는 곳을 금방 알 수 있을 거요." 수다족을 환영하기 위해 모인 군중 속에서 한 잠잠족이 외쳤습니다. (많은 잠잠족이 이제 침묵법을 어기고 환호를 지르거나 고함을 치고 있었습니다.)

"그래요. 귀를 기울여 봐요." 한 여자가 맞장구를 쳤습니다. "우리를 모두 술꾼으로 만든 저 소음이 안 들려요?"

"바락이 노래를 부르고 있나?" 허랑은 한 손을 컵처럼 오므려 귓바퀴에 대고 소리쳤습니다. "나의 바락이 노래를 부른다고? 그럼 조용히 해, 친구들. 그리고 바락의 노래를 들어 봐."

그는 한 손을 들었습니다. 수다군의 퍼레이드가 멈추었습니다. 그러자 잠잠 요새에서 사랑의 노래를 부르는 한 여인의 목소리가 들려왔습니다. 그것은 '허풍 대왕' 라시드 칼리파가 여태까지 들어 본 목소리들 가운데 가장 끔찍한 목소리였습니다.

'저게 바락이라면 교주가 바락의 입을 영원히 꿰매 버리고 싶어 하는 이유도 이해할 만해.' 라시드는 감히 입 밖에 내어 말하지는 못하고 속으로만 생각했습니다.

아악! 나는 허랑에 대해 말하고 있어.

나는 다른 일을 할 시간이 없어.

바락이 노래하자 상점 진열창의 유리가 박살 났습니다.

'나는 분명히 저 노래를 알고 있는데, 가사가 다른 것 같아.'

라시드는 어리둥절했습니다.

내가 아는 남자에 대해 말해 줄게.
그 남자는 나의 허랑,
나는 그이를 열렬히 사랑해.

바락이 노래하자 군중 속의 남녀들은 "제발 그만! 이제 그
만!" 하고 애원했습니다.
라시드는 얼굴을 찡그리고 고개를 저었습니다. '그래, 그래. 저
것도 내가 아주 잘 아는 노래지만, 내가 아는 노래와 똑같지는
않아.'

그이는 폴로 경기를 싫어해.
그이는 혼자서 날 수 없어.
하지만 나는 그이를 진심으로 사랑해.
우리의 사랑은 더욱 커질 거야.
나는 절대로 그이를 보내지 않을 거야.
나의 허랑을 기다리며
우울해졌어.

바락이 노래하자 허랑 왕자가 소리쳤습니다.

"아름다워! 정말 아름다워!"

그러자 잠잠족 군중이 대답했습니다.

"아아, 누가 저 여자 좀 말려 줘요. 제발."

그이의 이름은 허랑.

그이의 목소리는 우렁차.

하지만 나는 그이를 열렬히 사랑해.

그러니까 쇼는 그만두고,

어서 빚이나 갚아.

나는 그 허랑을

내 남자로 만들 거야.

바락이 노래하자 허랑 왕자는 말을 타고 뛰어다니면서 기쁜
나머지 하마터면 기절할 뻔했습니다.

"저 노래 좀 들어 봐." 그가 열광적으로 외쳤습니다. "저게 목
소리가 아니면 뭐겠어?"

"저건 '뭐겠어'가 분명해." 군중이 마주 소리를 질렀습니다.
"목소리는 절대 아니니까."

허랑 왕자가 발끈했습니다.

"이 사람들은 훌륭한 현대의 노래를 제대로 음미할 줄 모르는
군." 그는 서책 장군과 무드라에게 큰 소리로 말했습니다. "그러

니까 당신들이 반대하지 않는다면 이제 요새를 공격해야 할 것 같군요."

그 순간 기적이 일어났습니다.

발밑의 땅이 흔들렸습니다. 한 번, 두 번, 세 번. 잠잠 시의 집들이 뒤흔들렸습니다. 많은 잠잠족이 (그리고 수다족도) 무서워서 비명을 질렀습니다. 허랑 왕자는 말에서 떨어졌습니다.

"지진이다! 지진이야!" 사람들이 소리를 질렀지만, 그것은 평범한 지진이 아니었습니다. 이바구 전체가 강력하게 요동치고 요란하게 진동하면서 회전축을 중심으로 돌아갔습니다.

"하늘을 봐!" 목소리들이 외치고 있었습니다. "지평선 위로 올라오고 있는 걸 봐!"

이바구는 태양을 향해 돌고 있었습니다.

해가 잠잠 요새 위로 떠오르고 있었습니다. 해는 아주 빨리 떠올라 순식간에 머리 위에 이르렀습니다. 한낮의 뜨거운 햇빛이 쨍쨍 내리쬐었습니다. 이글거리는 태양은 머리 위에 머물렀습니다. 그림자-전사 무드라를 포함한 잠잠족은 대부분 주머니에서 세련된 선글라스를 꺼내 썼습니다.

해가 떴습니다! 해는 카탐슈드의 마법이 요새 주위에 쳐 놓은 침묵과 어둠의 덮개를 찢었습니다. 그 어두운 요새의 검은 얼음은 햇빛으로 인해 치명상을 입었습니다.

요새 성문의 자물쇠가 녹아 버렸습니다. 허랑 왕자는 칼을 빼

들고 열린 문 안으로 뛰어들었습니다. 무드라와 몇 '장'의 쪽들도 그 뒤를 따랐습니다.

"바락!" 허랑이 돌진하면서 외쳤습니다. 그 이름을 듣고 그의 말이 히힝 울었습니다.

"허랑!" 멀리서 대답이 돌아왔습니다.

허랑은 말에서 내렸습니다. 그리고 무드라와 함께 계단을 뛰어오르고, 안마당을 몇 개나 지나고, 다시 계단을 올라갔습니다. 그의 주위에서는 카탐슈드의 요새를 떠받치고 있는 기둥들이 태양의 열기에 흐물흐물 녹아서 휘거나 구부러지기 시작했습니다. 아치들은 축 늘어지고, 둥근 지붕도 녹아내리고 있었습니다. 교주의 그림자 없는 하인들, '지퍼로 채운 입술' 동맹원들이 보이지 않는 눈으로 이리저리 달리다가 벽에 부딪히고, 서로 충돌하여 나가떨어지고, 새된 소리로 비명을 질렀습니다. 그들은 두려움에 사로잡혀 침묵법을 까맣게 잊어버렸습니다.

그것은 카탐슈드가 최후로 파멸하는 순간이었습니다. 허랑과 무드라가 녹고 있는 요새의 심장부로 뛰어들었을 때, "바락!" 하는 허랑의 고함 소리가 요새의 벽과 탑을 무너뜨렸습니다. 그들이 바락 공주를 무사히 구출할 가망은 없다고 절망에 빠져 있을 때, 마침내 바락 공주가 시야에 들어왔습니다. 그 코(잠잠족의 검은 코싸개에 감싸인 코)와 이⋯⋯. 하지만 더 자세히 말할 필요는 없을 것입니다. 그게 정말로 바락이라는 것은 의심할 여지가 없었다고만 말해 두겠습니다. 시녀들을 거느린 바락이 계단이 녹아 버린 거대한 난간을 미끄러져 내려오고 있었습니다. 허랑은 밑에서 기다렸습니다. 바락은 난간에서 허랑의 품속으로 몸을 날렸습니다. 허랑은 뒤로 비틀거렸지만, 넘어지지는 않았습니다.

이제 공기는 요란하게 삐걱거리는 소리로 가득 찼습니다. 허랑과 바락, 무드라와 시녀들은 진득진득한 안마당을 지나고 찌그러진 계단을 지나 아래로 아래로 달아나면서 뒤를 힐끔 돌아보았습니다. 그러자 저 위쪽 높은 곳, 요새 꼭대기에서 거대한 얼음 우상이 기우뚱거리며 흔들리기 시작한 것이 보였습니다. 그것은 혀가 없고 이가 많은 입으로 히죽히죽 웃고 있는 베차반의 거대한 우상이었습니다.

마치 산이 무너지는 듯했습니다. 잠잠 요새의 홀과 안마당 가운데 녹지 않고 남아 있던 것도 베차반이 와르르 무너질 때 완전히 박살 나고 말았습니다. 베차반의 거대한 머리는 목이 댕강 부러져 요새의 테라스로 떨어진 뒤, 쿵쿵 튀어 오르면서 맨 아래 안마당을 향해 데굴데굴 굴러 내려왔습니다. 그 안마당에서는 이제 허랑과 무드라와 여자들이 요새 성문에 서서 놀란 눈으로 넋을 잃고 이 사태를 지켜보고 있었습니다. 그들 뒤에는 라시드 칼리파와 서책 장군과 수많은 수다족과 잠잠족이 모여 있었습니다.

거대한 머리는 쿵쿵 튀어 오르면서 아래로 아래로 굴러 내려왔습니다. 귀와 코는 머리가 땅에 떨어졌을 때 떨어져나갔습니다. 이도 입에서 빠져나갔습니다. 머리는 계속 내려왔습니다. 그때 라시드가 "저것 봐!" 하고 소리치면서 그쪽을 가리켰습니다. 잠시 후 그는 "조심해!" 하고 다시 소리쳤습니다. 두건 달린 망토를 입은 작달막하고 볼품없는 인물이 요새의 맨 아래쪽 안마당으로 후닥닥 도망쳐 나오는 것을 보았기 때문입니다. 그것은 뼈와 가죽만 남은 것처럼 비쩍 마르고 코를 훌쩍거리고 콧물을 질질 흘리고 인색하고 지저분하고 족제비 같고 사무원 같은 인물, 그림자도 없지만 그 자신이 그림자처럼 보이는 인물이었습니다. 그는 살기 위해 필사적으로 달아나고 있는 카탐슈드였습니다. 그가 라시드의 외침 소리를 들었을 때는 이미 때가 늦었습니다. 교주가 악마 같은 고함을 지르며 홱 돌아섰을 때, 베차반의 거대한 머리는 벌써 안마당에 도착하여 교주와 정통으로 충돌했습니다. 베차반의 머리는 교주를 산산조각으로 박살 냈습니다. 교주는 흔적도 없이 사라져 다시는 볼 수 없었습니다. 이 빠진 입으로 히죽히죽 웃고 있는 베차반의 머리는 그 안마당에 자리를 잡고 천천히 녹아내렸습니다.

평화가 찾아왔습니다.

무드라가 이끄는 잠잠 나라의 새 정부는 수다 왕국과 오랫동안 지속적인 평화를 유지하고 싶다고 선언했습니다. 그 평화 속에서는 더 이상 '어스름 지대'와 '힘의 장벽'이 낮과 밤, 말과 침묵을 갈라놓지 않을 것입니다.

무드라는 조잘이 양에게 자기 곁에 남아 있어 달라고 부탁했습니다. 그리고 수다 당국과 잠잠 당국 사이에서 중재자 역할을 할 수 있도록 몸짓언어인 '아라리요'를 배우라고 권했습니다. 조잘이는 기꺼이 그 제의를 받아들였습니다.

한편 수다 왕국은 기계 새를 탄 물의 정령들을 보내 바다를 수색하게 했습니다. 잠시 후 그들은 시끌이와 와글이가 무력해진 후투티를 끌고 북쪽으로 올라오고 있는 것을 발견했습니다. 후투티의 등에는 기진맥진했지만 행복한 '첩자' 셋이 타고 있었습니다.

하룬은 아버지와 조잘이를 다시 만났습니다. 조잘이는 하룬 앞에서 묘하게 어색하고 수줍어하는 것 같았습니다. 하룬도 조잘이 앞에서 다소 어색한 기분을 느꼈습니다. 그들은 과거에 '어스름 지대'였던 잠잠 해변에서 만났습니다. 그리고 모두 만족하여 수다 시로 떠났습니다. 그곳에서 결혼식이 거행될 예정이었기 때문입니다.

수다 시에서는 '수다의 집' 의장이 승진 조치를 발표했습니다. 만약은 '수석 물의 정령'으로 임명되었습니다. 말끔이는 '최고 수상 정원사'로 임명되었습니다. 시끌이와 와글이는 바다에 있는 모든 다구어의 지도자로 지명되었습니다. 이들은 대규모 정화 작업에 대한 공동 책임을 부여받았습니다. 정화 작업은 '이야기 바다' 전역에서 당장 시작될 예정이었습니다. 그들은 '고전 구역'의 옛날이야기들이 다시 새로워질 수 있도록 그곳을 되도록 빨리 복원하고 싶다고 선언했습니다.

라시드 칼리파는 '이야기 물' 설비를 돌려받고, 전쟁 때 세운 공로를 인정받아 수다 왕국의 최고 훈장인 '열린 입 훈장'을 받았습니다. 새로 임명된 '수석 물의 정령'은 라시드의 수도관을 다시 연결하는 공사를 자신이 직접 맡기로 동의했습니다.

후투티 하지만은 정비소에서 새로운 두뇌를 넣어 주자마자 당장 정상으로 돌아왔습니다.

그러면 바락 공주는 어떻게 되었을까요? 공주는 입이 꿰매질지 모른다는 두려움 때문에 바늘을 미워하게 되었고, 이 증오심은 평생 지속되겠지만, 무사히 포로 상태에서 구출되었습니다. 그리고 공주가 허랑 왕자와 결혼하는 날, 왕궁 발코니에 서서 그 밑에 모여든 수다족 백성과 수다 시를 방문한 잠잠족 군중에게 손을 흔드는 신랑 신부가 정말 행복해 보이고 서로를 깊이 사랑하는 듯이 보였기 때문에, 사람들은 애당초 바락 공주가 그렇게 믿을 수 없을 만큼 어리석은 짓만 하지 않았다면 잠잠의 포로가 되지도 않았으리라는 사실을 잊기로 했습니다. 그리고 그 후에 일어난 전쟁에서 허랑 왕자가 저지른 수많은 바보짓도 잊기로 했습니다.

'수석 물의 정령'인 만약은 발코니에서 행복한 신혼부부와 조금 떨어진 곳에 서 있을 때 하룬에게 속삭였습니다.

"여기서는 머리에 왕관을 쓴 사람들에게는 정말로 중요한 일을 시키지 않는 것 같아."

"이것은 위대한 승리입니다." 늙은 떠버리 임금이 군중에게 말하고 있었습니다. "그것은 우리 바다가 바다를 망치는 적에 대해 거둔 승리일 뿐만 아니라, 잠잠 나라와 수다 왕국 사이의 새로운 우호와 친교가 우리 사이의 해묵은 적개심과 불신감을 물리치고 거둔 승리이기도 합니다. 이제 대화가 시작되었습니다. 그것과 함께 이 결혼식을 축하하기 위해 우리 모두 노래를 부릅시다."

"그보다는 바락이 우리를 위해 세레나데를 불러 주는 것이 훨씬 좋겠습니다." 허랑이 제의했습니다. "바락의 아름다운 목소리를 들읍시다!"

잠깐 침묵이 흘렀습니다. 이윽고 군중은 입을 모아 한목소리로 외쳤습니다.

"안 돼. 그건 안 돼. 제발 그것만은 하지 마."

바락과 허랑은 몹시 기분이 상한 것처럼 보였기 때문에, 늙은 떠버리 임금이 그들을 달래 주어야 했습니다.

"사람들은 오늘이 너희 결혼식 날이니까 자기들이 노래를 불러서 너희에 대한 사랑을 보여 주고 싶다는 뜻으로 그렇게 말한 거야."

이 말은 사실이 아니었지만, 신혼부부는 기분이 좋아졌습니다. 광장은 노랫소리로 가득 찼습니다. 바락은 입을 다물고 있었고, 모두 더없이 행복했습니다.

하룬이 왕족을 따라 발코니를 떠날 때, 빛나리 하나가 다가왔습니다.

"지금 당장 '너복설과' 본부에 출두해." 빛나리가 차갑게 말했습니다. "바다코끼리께서는 대체할 수 없는 기계를 고의로 그렇게 많이 파괴한 사람과 이야기하고 싶어 하셔."

"하지만 그건 좋은 목적을 위해서였어요." 하룬이 항변했습니다.

빛나리는 어깨를 으쓱했습니다.

"거기에 대해서는 나도 몰라." 그가 멀어지면서 말했습니다. "그건 바다코끼리한테 가서 주장해. 판단은 그분이 내리실 거야."

12

그게 바다코끼리였나?

'나한테 필요한 건 증인이야.' 하룬은 그렇게 판단했습니다.
'만약과 말끔이가 바다코끼리한테 가서 내가 소원을 빌 수밖에
없었던 이유를 설명하면, 바다코끼리는 기계가 망가진 것을 이
해해 줄 거야.'

왕궁에서는 흥겨운 잔치가 벌어지고 있었습니다. 하룬은 풍
선을 터뜨리고 쌀을 던지고 깃발을 흔드는 군중 속에서 '수석
물의 정령'을 찾아다녔습니다. 몇 분 뒤에야 하룬은 터번을 비스
듬히 쓰고 젊은 여자 정령과 짝을 지어 춤추고 있는 만약을 찾
아냈습니다. 하룬은 만약의 귀에다 제 목소리가 들리도록, 음악
소리와 왁자지껄한 소음보다 더 큰 소리로 고함을 질러야 했습

니다. 그런데 만약이 입을 오므리고 고개를 젓는 것을 보고 하룬은 깜짝 놀랐습니다.

"미안해." 만약이 말했습니다. "바다코끼리와 논쟁한다고? 그건 부질없는 짓이야. 나를 끌어들이지 마. 난 못 해."

"하지만 해야 돼요." 하룬이 간청했습니다. "누군가가 설명해 줘야 한다고요!"

"설명은 내 장기가 아니야." 만약이 마주 고함을 질렀습니다. "설명은 내 특기가 아니야. 나는 설명을 잘하지 못해. 그건 내가 잘하는 일이 아니야."

하룬은 낙심하여 눈알을 뒤룩거리고, 말끔이를 찾으러 갔습니다. '최고 수상 정원사'는 물을 더 좋아하는 수다족(다구어와 수상 정원사들)을 위해 석호의 수면 위와 아래에서 열리고 있는 제2의 피로연장에 있었습니다. 말끔이를 찾기는 쉬웠습니다. 그는 후투티 하지만의 등 위에 올라서서 잡초 모자를 멋진 각도로 비스듬히 쓰고 신 나게 노래를 부르고 있었습니다. 청중인 물고기들과 수상 정원사들은 그의 노래에 열광했습니다.

너는 검은 배를 녹일 수 있어.
너는 그림자도 녹일 수 있어.
너는 얼음 성도 녹일 수 있어.
하지만 나를 녹일 수는 없어!

"말끔아!" 하룬이 소리쳐 불렀습니다. "도와줘!"

'최고 수상 정원사'는 노래를 멈추고, 잡초 모자를 벗고, 머리를 긁적거린 다음, 라일락 같은 입술로 말했습니다.

"네 문제는 지금 심의 중이야. 그 이야기는 나도 들었어. 중대한 문제야. 미안하지만 나는 너를 도와줄 수 없어."

"다들 왜 그래?" 하룬이 소리쳤습니다. "왜 바다코끼리를 그렇게 무서워하지? 도대체 뭐가 무서워서 그래? 내가 전에 만났을 때는 친절해 보였는데. 콧수염은 진짜 바다코끼리 수염처럼 보이지 않았지만."

말끔이는 슬픈 듯이 고개를 저었습니다.

"바다코끼리는 거물이야. 그분께 미움을 사고 싶지 않아. 내 마음을 이해해 줘."

"이거야 정말." 하룬은 시무룩하게 소리쳤습니다. "나 혼자 가서 내 행동의 결과를 깨끗이 받아들여야겠군. 친구들이 뭐 이래?"

"나한테 부탁해 봤자 소용없어. 아직은 부탁하지 않았지만." 후투티 하지만이 부리를 움직이지 않은 채 하룬의 등에 대고 소리쳤습니다. "나는 기계일 뿐이니까."

하룬은 낙심한 채 '너복설과' 본부의 거대한 문으로 들어갔습니다. 소리가 메아리치는 거대한 홀에 서 있자, 하얀 가운을 입은 빛나리들이 사방에서 빠른 걸음으로 옆을 지나갔습니다. 그들이 모두 분노와 경멸과 연민이 섞인 눈으로 바라보는 것 같았습니다. 하룬은 세 명의 빛나리에게 바다코끼리의 집무실로 가는 길을 물어보고, '너복설과' 본부의 복잡한 미로를 한참 동안 헤맨 뒤에야 겨우 그곳을 찾을 수 있었습니다. 하룬은 조잘이를 따라 왕궁 안을 헤매 다닌 일이 생각났습니다. 하지만 마침내 하룬은 '너무 복잡해서 설명할 수 없는 과정의 대감사관 바다코끼리 각하. 노크하고 기다리시오.'라고 적혀 있는 황금색 문 앞에 서 있었습니다.

'드디어 도착했구나. 내가 애당초 이바구에 온 건 바다코끼리를 면담하기 위해서였는데, 마침내 그 목적을 이루게 됐어.' 하룬은 불안한 마음으로 생각했습니다. '하지만 이런 종류의 면담이 될 줄은 몰랐어.'

하룬은 숨을 깊이 들이마시고 문을 두드렸습니다.

안에서 바다코끼리의 목소리가 대답했습니다.

"들어오시오."

하룬은 또다시 숨을 들이마시고 문을 열었습니다.

하룬이 맨 처음 본 것은 빛나는 노란 책상 뒤에 놓인 빛나는 하얀 의자에 앉아 있는 바다코끼리였습니다. 머리털이 없는 달걀 모양의 커다란 머리는 책상이나 의자만큼 반짝반짝 빛나고, 코밑에 돋아난 수염은 흥분한 듯 씰룩거리고 있었습니다. 금방이라도 폭발할 것 같은 분노에 사로잡혀 있는 듯했습니다.

하룬이 두 번째로 알아차린 것은 바다코끼리가 혼자가 아니라는 사실이었습니다.

그의 집무실에는 떠버리 임금과 허랑 왕자, 바락 공주, '수다의 집' 의장, 잠잠 나라의 무드라 대통령, 그의 보좌관인 조잘이 양, 서책 장군, 만약, 말끔이, 그리고 라시드 칼리파도 함께 있었습니다. 게다가 그들은 모두 활짝 웃고 있었습니다. 벽에 걸린 모니터에는 석호의 수면 밑에서 입을 벌리고 하룬을 향해 싱글벙글 웃고 있는 시끌이와 와글이가 비쳐 있었습니다. 두 번째 모니터에서는 후투티 하지만의 머리가 하룬을 빤히 내다보고 있었습니다.

하룬은 당황했습니다.

"저는 지금 체포될 처지에 놓여 있는 겁니까?" 하룬이 간신히 물었습니다.

방에 있던 사람들이 모두 웃음을 터뜨렸습니다.

"우리를 용서하렴." 눈물이 나도록 웃은 바다코끼리가 눈에서 눈물을 훔치면서도 여전히 킬킬거리며 말했습니다. "너를 놀려 먹었어. 가벼운 장난을 쳤을 뿐이야. 가벼운 장난."

바다코끼리는 같은 말을 되풀이하고 또다시 웃음을 터뜨렸습니다.

"도대체 무슨 일이에요?" 하룬이 물었습니다.

바다코끼리는 마음을 진정시키고 최대한 진지한 표정을 지었습니다. 거기까지는 좋았지만, 다음 순간 만약과 눈이 마주치자 또다시 웃음보가 터지고 말았습니다. 그러자 만약도 웃음을 터뜨렸고, 다른 사람들도 모두 웃음을 터뜨렸습니다. 질서가 회복될 때까지는 몇 분이 걸렸습니다.

"하룬 칼리파." 바다코끼리는 아픈 옆구리를 움켜잡고 아직도 숨을 헐떡거리면서 일어났습니다. "이바구의 주민과 '이야기 바다'를 위해 네가 세운 막대한 공로에 경의를 표하기 위해 너에게 원하는 건 뭐든지 요구할 권리를 부여하고, 우리는 새로운 '너복설과'를 고안해서라도 가능하면 그 요구를 들어줄 것을 약속한다."

하룬은 아무 말도 하지 않았습니다.

"하룬, 뭐 생각하는 거라도 있니?" 아버지가 물었습니다.

하룬은 갑자기 불행한 표정을 지으며 여전히 입을 다물고 있었습니다. 그의 기분을 알아차린 것은 조잘이였습니다. 조잘이는 하룬에게 다가가 손을 잡고 물었습니다.

"왜 그래? 무슨 일이니?"

"뭘 요구해도 소용없어." 하룬이 낮은 소리로 말했습니다. "내가 정말로 바라는 건 아무도 나한테 줄 수 없는 거니까."

"천만에." 바다코끼리가 대답했습니다. "나는 네가 원하는 것을 잘 알고 있다. 너는 위대한 모험을 했고, 위대한 모험이 끝나면 모두 똑같은 것을 바라지."

"그래요? 그게 뭔데요?" 하룬이 약간 대들듯이 물었습니다.

"해피엔딩." 바다코끼리가 말했습니다.

이 말에 하룬은 입을 다물었습니다. 그러자 바다코끼리는 하룬에게 다그치듯 물었습니다.

"내 말이 맞지?"

"그런 것 같아요." 하룬은 부루퉁한 표정으로 인정했습니다. "하지만 제가 생각하고 있는 해피엔딩은 바다에서 찾을 수 있는 게 아니에요. 다구어들이 헤엄치는 바다에서도 그건 찾을 수 없어요."

바다코끼리는 천천히 일곱 번 고개를 끄덕였습니다. 그러고는 손가락 끝을 맞대고 의자에 앉아, 하룬과 나머지 사람들에게도 의자에 앉으라는 손짓을 보냈습니다. 하룬은 책상을 사이에 두고 바다코끼리 맞은편에 놓인 반짝이는 하얀 의자에 앉았습니다. 다른 사람들은 벽을 따라 나란히 놓여 있는 비슷한 의자에 앉았습니다.

"에헴." 바다코끼리가 입을 열었습니다. "해피엔딩은 이야기에서도 현실에서도 대다수 사람들이 생각하는 것보다 훨씬 드물어. 해피엔딩은 규칙이 아니라 예외라고 말할 수 있을 정도지."

"그렇다면 저와 같은 생각이시군요." 하룬이 말했습니다. "그럼 됐어요."

바다코끼리가 말을 이었습니다.

"'너복설과' 본부에 있는 우리가 해피엔딩을 인공적으로 합성하는 법을 배운 것은 해피엔딩이 그렇게 드물기 때문이야. 알기 쉽게 말하면 우리는 해피엔딩을 만들어 낼 수 있어."

 "그건 도저히 있을 수 없는 일이에요." 하룬이 항변했습니다. "해피엔딩은 병에 담을 수 있는 물건이 아니라고요." 하지만 하룬은 자신이 없는 투로 덧붙였습니다. "그렇지 않나요?"

 "카탐슈드가 반대 이야기를 합성할 수 있다면……" 바다코끼리는 자존심이 상한 얼굴로 말했습니다. "우리도 합성할 수 있다는 것을 받아들일 줄 알았는데. '도저히 있을 수 없는 일'에 대해 말한다면…… 대다수 사람들은 최근 너에게 일어난 일이야말로 도저히 있을 수 없는 일이라고 말할 것이다. 그런데 왜 이것만 갖고 도저히 있을 수 없는 일이라고 법석을 떨지?"

 다시 침묵이 흘렀습니다.

 "그럼 좋아요." 마침내 하룬이 말했습니다. "아무리 큰 소원도 들어줄 수 있다고 하셨죠? 이건 정말로 큰 소원이에요. 저는 슬픈 도시 출신이에요. 그 도시는 너무 슬퍼서 자기 이름도 잊어버렸을 정도예요. 제 모험만이 아니라 슬픈 도시 전체에도 해피엔딩을 제공해 주세요."

 "해피엔딩은 끝에 와야 돼." 바다코끼리가 지적했습니다. "이야기나 모험이 한창 진행되고 있는 도중에 해피엔딩이 나오면, 한동안 기운이 나게 해 주는 역할밖에 못 해."

"그거면 충분해요."

이제 집으로 돌아갈 때가 되었습니다.

하룬이 긴 작별 인사를 싫어했기 때문에 그들은 서둘러 출발했습니다. 조잘이에게 작별 인사를 하는 것은 특히 힘들었습니다. 조잘이가 느닷없이 몸을 앞으로 기울여 하룬에게 입을 맞추지 않았다면, 하룬은 아마 절대로 조잘이에게 키스할 방법을 찾지 못했을 것입니다. 하지만 작별 키스를 받았을 때 하룬은 조금도 당황하지 않았습니다. 당황하기는커녕 무척 기뻤습니다. 그래서 떠나기가 더욱 힘들어졌습니다.

'유원지' 기슭에서 하룬과 라시드는 친구들에게 손을 흔들고, 만약과 함께 후투티 하지만의 등에 올라탔습니다. 그제야 비로소 하룬은 아버지가 K골짜기에서 이야기 공연을 하겠다는 약속을 지키지 못했을 것이고, 따라서 '단조로운 호수'로 돌아가면 성난 속물 하지마안이 잔뜩 벼르면서 그들을 기다리고 있으리라는 것을 깨달았습니다.

"하지만 하지만 하지만 걱정하지 마." 후투티 하지만이 부리를 움직이지 않고 말했습니다. "후투티 하지만과 함께 여행하면 시간은 네 편이야. 늦게 떠나도 일찍 도착하지! 가자! 부릉부릉 부르릉!"

'단조로운 호수'에는 밤의 장막이 덮여 있었습니다. 하룬은 숙박 설비가 딸린 배 '아라비안나이트 플러스 원'이 달빛 속에 평화롭게 정박해 있는 것을 보았습니다. 그들은 열린 침실 창문 옆에 착륙했습니다. 창문 안으로 들어가자 피로가 한꺼번에 몰려왔습니다. 하룬은 공작새 침대에 쓰러져 곧장 잠들 수밖에 없었습니다.

하룬이 깨어나 보니 화창하고 눈부신 아침이었습니다. 모든 것이 여느 때와 똑같아 보였습니다. 날아다니는 기계 후투티와 물의 정령은 아무 흔적도 남기지 않았습니다.

하룬이 눈을 비비며 일어나자, 아버지가 푸른색 잠옷을 입은 채 배 앞쪽의 작은 발코니에 앉아서 차를 마시고 있는 게 보였습니다. 고니 배가 호수를 가로질러 그들 쪽으로 다가오고 있었습니다.

"아주 이상한 꿈을 꾸었어……."

라시드 칼리파가 이야기를 시작했지만, 속물 하지마안의 목소리가 그를 가로막았습니다. 하지마안은 고니 배에서 힘차게 손을 흔들며 소리를 질렀습니다.

"어이! 안녕하시오!"

'아이쿠 맙소사.' 하룬은 속으로 외쳤습니다. '저 사람은 꽥꽥 소리를 지를 것이고, 우리는 저 사람이 청구하는 돈을 치러야겠지.'

"잠꾸러기 라시드 선생!" 하지마안이 외쳤습니다. "공연장에 데려가려고 왔는데, 아들까지 아직 잠옷을 입고 있으니, 이럴 수 있소? 군중이 기다리고 있어요. 느림보 라시드 선생! 우리를 실망시키지 않으리라 믿습니다."

이바구에서 일어난 모험은 하룻밤도 채 안 되는 시간에 끝나 버린 듯했습니다! '하지만 그건 도저히 있을 수 없는 일이야.' 하룬은 생각했습니다. 그러자 "왜 이것만 갖고 도저히 있을 수 없는 일이라고 법석을 떨지?" 하던 바다코끼리의 말이 생각났습니다. 그래서 하룬은 급히 아버지를 돌아보며 물었습니다.

"아버지의 꿈, 그걸 기억하실 수 있으세요?"

"지금은 안 돼." 라시드 칼리파가 대답하고는, 다가오는 하지마안에게 소리쳤습니다. "뭘 그렇게 안달하십니까? 배에 올라와서 차를 드세요. 그 사이에 우리는 얼른 옷을 갈아입고 나올 테니까." 그러고는 하룬에게 말했습니다. "애야, 서둘러라! '허풍 대왕'은 절대 늦는 법이 없어. '공상의 바다'는 약속 시간을 정확히 지킨다는 평판을 유지해야 돼."

"바다." 하룬은 고니 배에 탄 하지마안이 다가오는 것을 보면서 다급하게 말했습니다. "제발 생각해 보세요. 아주 중요한 일이에요."

그러나 라시드는 하룬의 말을 전혀 듣고 있지 않았습니다.

하룬은 우울하게 옷을 갈아입으러 갔다가, 베개 옆에 작은 황금색 봉투가 놓여 있는 것을 보았습니다. 그것은 호텔에서 이따금 손님들의 군것질거리로 박하 초콜릿을 넣어 두는 봉투와 비슷했습니다. 봉투 안에는 조잘이가 쓴 편지가 들어 있고, 조잘이만이 아니라 이바구에 있는 친구들이 모두 거기에 이름을 서명해 놓았습니다. (글을 쓰지 못하는 시끌이와 와글이는 종이에 입술을 눌러, 서명 대신 키스를 보냈습니다.)

조잘이는 편지에서 이렇게 말했습니다.

'오고 싶으면 언제든지 와. 와서 있고 싶을 때까지 있어. 후투티 하지만과 함께 날면, 시간은 네 편이라는 걸 잊지 마.'

황금색 봉투 안에는 다른 것도 들어 있었습니다. 세부까지 완벽한 작은 새가 하룬을 향해 고개를 치켜들었습니다. 그것은 물론 후투티였습니다.

하룬이 방에서 나가자 아버지가 말했습니다.

"깨끗이 씻고 몸단장을 하니까 완전히 딴사람이 됐구나. 네가 그렇게 즐거운 표정을 짓는 건 몇 달 만에 처음 본다."

하지마안과 인기 없는 그의 지방 정부가 라시드 칼리파에게 무엇을 기대하고 있었는지 여러분은 기억할 것입니다. 그는 라시드가 '그를 찬양하는 신 나는 이야기'를 하고 '우울한 이야기'를 차단하면 사람들의 지지를 얻을 수 있을 거라고 기대했습니다. 그들은 넓은 공원을 온갖 장식―현수막, 리본, 깃발―으로 치장하고, 모든 사람이 '허풍 대왕'의 이야기를 제대로 들을 수 있도록 공원 곳곳에 장대를 세우고 스피커를 달았습니다. 화려한 무대에는 '하지마안에게 한 표를!' 또는 '누가 당신 편인가? 하지마안밖에 없지 않은가!'라고 쓴 포스터가 덕지덕지 붙어 있었습니다. 그리고 정말로 수많은 군중이 라시드의 이야기를 들으려고 모여 있었습니다. 하지만 그들의 찡그린 표정을 보고 하룬은 사람들이 하지마안을 전혀 좋아하지 않는 모양이라고 판단했습니다.

"자, 당신 차례요." 하지마안이 날카롭게 말했습니다. "많은 칭찬을 받는 라시드 선생, 잘 해내는 게 좋을 거요. 그러지 않으면……."

하룬은 무대 옆에서 아버지를 지켜보았습니다. 라시드는 아낌없는 박수를 받으며 얼굴에 미소를 머금고 마이크로 다가갔습니다. 다음 순간 하룬은 깜짝 놀랐습니다. 아버지의 첫마디가 "신사 숙녀 여러분, 제가 할 이야기의 제목은 '하룬과 이야기 바다'입니다."였기 때문입니다.

'그러니까 아버지는 잊지 않으셨군요.' 하룬은 빙긋 웃으면서 속으로 말했습니다.

'공상의 바다'요 '허풍 대왕'인 라시드 칼리파는 아들을 돌아보며 눈을 찡긋했습니다. '내가 그런 이야기를 잊어버릴 줄 알았니?' 아버지의 눈짓은 그렇게 말하고 있었습니다. 이어서 라시드가 이야기를 시작했습니다.

"옛날 알리프바이라는 나라에 슬픈 도시가 있었습니다. 세상에서 가장 슬픈 이 도시는 억장이 무너질 정도로 슬픈 나머지 자기 이름도 잊어버렸습니다……."

여러분도 짐작했겠지만, 라시드는 공원에 모인 청중에게 내가 방금 여러분께 해 드린 것과 똑같은 이야기를 했습니다. 아버지의 설명이 아주 정확했기 때문에, 하룬은 아버지가 직접 참여하지 않은 모험에 대해서는 만약을 비롯한 친구들에게 자세히 물어본 모양이라고 판단했습니다. 그리고 아버지가 다시 괜찮아진 것도 분명했습니다. '이야기 재능'이 돌아왔고, 아버지는 다시금 청중을 휘어잡을 수 있었습니다. 아버지가 말끔이의 노래를 부르면 청중도 따라 불렀습니다. "잡채를 요리할 수도 있어. 하지만 나를 벨 수는 없어." 아버지가 바락 공주의 노래를 부르면 청중은 제발 그만하라고 애원했습니다.

라시드가 카탐슈드와 '지퍼로 채운 입술' 동맹 추종자들에 대해 이야기할 때면 청중은 속물 하지마안과 그 추종자들을 노려보았습니다. 무대에 올라와 라시드 뒤에 앉아 있는 하지마안과 그의 추종자들은 이야기가 전개될수록 점점 기분이 나빠지는 듯이 보였습니다. 거의 모든 잠잠족이 처음부터 교주를 증오했지만 그렇게 말하기를 두려워했다고 라시드가 말하자, 잠잠족을 동정하는 중얼거림이 군중 사이로 퍼져 갔습니다. 그래, 우리는 그들의 기분을 정확히 알고 있어. 사람들이 술렁이기 시작했습니다. 카탐슈드가 몰락한 대목에서 누군가가 노래를 부르기 시작했습니다.

"하지마안, 영원히 꺼져라. 하지마안, 카탐슈드."

그러자 모든 청중이 노래에 가담했습니다. 이 노래를 듣자마자 속물 하지마안은 게임이 끝난 것을 알아차리고, 그를 따르는 자들과 함께 무대에서 살금살금 달아났습니다. 군중은 그가 달아나게 해 주었지만, 달아나는 그에게 쓰레기를 던졌습니다. K 골짜기에서는 그 후 두 번 다시 하지마안을 볼 수 없었습니다. 그래서 골짜기 사람들은 정말로 좋아하는 지도자들을 자유롭게 선택할 수 있었습니다.

라시드는 골짜기 밖으로 데려다줄 우편 버스를 기다리면서 하룬에게 말했습니다.

"돈을 받지는 못했지만, 그래도 괜찮아. 돈이 전부는 아니니까 말이다."

"하지만 하지만 하지만 돈이 없으면 아무것도 없는 거예요." 우편 버스 운전석에서 귀에 익은 목소리가 말했습니다.

그들이 슬픈 도시로 돌아왔을 때, 그곳에는 아직도 비가 억수같이 퍼붓고 있었습니다. 많은 도로가 물에 잠겼습니다.

"알 게 뭐야?" 라시드 칼리파가 유쾌하게 소리쳤습니다. "집까지 걸어가자. 나는 오랫동안 비에 흠뻑 젖어 보지 못했어."

하룬은 고장 난 시계만 잔뜩 널려 있고 어머니가 없는 집으로 돌아간다는 생각에 아버지가 우울해하지 않을까 걱정했기 때문에, 유쾌하게 구는 아버지에게 미심쩍은 눈길을 던졌습니다. 하지만 라시드는 빗속으로 가볍게 뛰어나갔고, 정강이까지 푹푹 빠지는 진창 속을 걸으며 몸이 젖을수록 라시드는 소년처럼 더욱 유쾌해했습니다. 하룬에게도 아버지의 유쾌한 기분이 전염되기 시작했습니다. 두 사람은 곧 어린애들처럼 물을 튀기며 서로 쫓고 쫓기는 놀이를 하고 있었습니다.

잠시 후 하룬은 그들처럼 장난치는 사람들이 거리를 가득 메우고 있는 것을 알아차렸습니다. 사람들은 뛰고 달리고 물을 튀기고 넘어지면서 신 나게 놀고 있었습니다. 그리고 무엇보다도 그들은 마음껏 웃고 있었습니다.

"이 오래된 도시가 마침내 신 나게 노는 법을 배운 것 같구나." 라시드가 싱긋 웃으며 말했습니다.

"하지만 왜요?" 하룬이 물었습니다. "실제로 달라진 건 아무 것도 없잖아요. 보세요. 슬픔 공장들은 아직도 슬픔을 만들어 내고 있어요. 연기가 보이시죠? 그리고 거의 모든 사람들이 아직도 가난해요."

"이보게, 거기 우울한 사람!" 적어도 일흔 살은 되어 보이는 노신사가 돌돌 말린 우산을 칼처럼 휘두르며 물에 잠긴 비 오는 거리에서 춤을 추면서 소리쳤습니다. "여기서는 그런 '슬픈 노래'를 부르지 마시게."

라시드 칼리파는 노신사에게 다가가서 말을 걸었습니다.

"우리는 오랫동안 시내를 떠나 있었습니다. 우리가 없는 동안 무슨 일이 일어났습니까? 기적이라도 일어났나요?"

"비 때문이지." 노신사가 대답했습니다. "비가 모든 사람을 행복하게 만들어 주고 있다네. 나를 포함해서. 야아! 야호!" 노신사는 팔짝팔짝 뛰면서 길을 내려갔습니다.

"바다코끼리예요." 하룬은 갑자기 깨달았습니다. "바다코끼리가 제 소원을 들어준 거예요. 인공적인 해피엔딩이 비에 섞여 있는 게 분명해요."

"이게 다 바다코끼리가 한 일이라면 이 도시는 너한테 무지무지 감사해야 돼." 라시드는 물웅덩이 속에서 껑충껑충 춤을 추면서 말했습니다.

"아니에요, 아빠." 하룬의 좋은 기분이 순식간에 오그라들고 있었습니다. "모르시겠어요? 이건 현실이 아니에요. 빛나리들이 병에서 꺼낸 인공적인 해피엔딩일 뿐이라고요. 모두 가짜예요. 사람들은 병에 든 행복이 하늘에서 쏟아질 때가 아니라 정말로 즐겁고 행복한 일이 있을 때 행복해야 돼요."

그때, 뒤집힌 우산을 타고 떠내려가던 경찰관이 우연히 옆을 지나가다가 하룬에게 말했습니다.

"우리가 뭘 즐거워하는지 가르쳐 주마. 우리는 이 도시의 이름을 생각해 냈어."

"그게 정말입니까? 빨리 말해 주세요." 라시드가 흥분하여 말했습니다.

"이바구." 경찰관은 홍수가 난 거리를 떠내려가면서 유쾌하게 말했습니다. "도시 이름치고는 아름답지 않습니까? 그건 '이야기'라는 뜻이랍니다."

그들은 집이 있는 골목으로 구부러졌습니다. 집이 보였습니다. 집은 빗속에서 흠뻑 젖은 케이크처럼 보였습니다. 라시드는 여전히 유쾌하게 팔짝팔짝 뛰고 있었지만, 하룬의 발은 걸음을 내디딜 때마다 점점 무거워졌습니다. 하룬은 아버지의 유쾌함을 견딜 수 없었고, 그 모든 것을 바다코끼리 탓으로 돌렸습니다. 어머니가 없는 그 넓은 세상에 존재하는 나쁜 것, 잘못된 일, 엉터리 가짜는 모두 바다코끼리에게 책임이 있다고 생각했습니다.

오니타가 이 층 발코니로 나왔습니다.

"아아, 돌아왔군요! 정말 잘됐어요! 어서 들어오세요. 즐거운 축하 잔치를 벌입시다!"

오니타는 좌우로 몸을 흔들고 위아래로 까딱거리며 기뻐서 손뼉을 치고 있었습니다.

오니타가 재빨리 아래로 내려와 비 오는 거리에서 하룬과 라시드를 맞이하자, 하룬이 물었습니다.

"축하할 일이 뭐가 있는데요?"

"개인적으로 말하자면 나는 생굽타를 잘 떨쳐 버렸어. 게다가 초콜릿 공장에 일자리도 얻어서, 초콜릿은 필요하면 얼마든지 공짜로 가져올 수 있단다. 그리고 나를 사랑하는 남자도 몇 명 생겼어. 어머, 나 좀 봐. 너한테 이런 얘기를 하다니, 뻔뻔스럽기도 하지!"

"잘됐군요." 하룬이 대답했습니다. "하지만 평생 노래하고 춤만 추면서 살 수는 없어요."

오니타는 알쏭달쏭한 표정을 지었습니다.

"너는 너무 오래 이곳을 떠나 있었나 봐. 세상은 변하는 법이야."

이 말에 라시드는 얼굴을 찌푸렸습니다.

"도대체 무슨 소리를 하는 겁니까? 할 말이 있으면 분명하게⋯⋯."

아파트 현관문이 열리고, 그곳에 소라야 칼리파가 서 있었습니다. 전보다 두 배나 아름다워졌지만, 틀림없는 진짜 소라야였습니다. 하룬과 라시드는 꼼짝도 하지 못했습니다. 그들은 입을 딱 벌린 채, 억수같이 쏟아지는 빗속에 동상처럼 얼어붙어 있었습니다.

"이것도 바다코끼리가 한 일이냐?" 라시드가 하룬에게 중얼거렸습니다.

하룬은 고개만 저었습니다. 그러자 라시드는 자기 질문에 스스로 대답했습니다.

"누가 알겠니? 우리 친구인 우편 버스 운전사 말마따나 그럴지도 모르고 아닐지도 모르지."

소라야가 밖으로 나와서 빗속에 서 있는 그들 곁으로 다가왔습니다.

"무슨 바다코끼리요? 나는 바다코끼리를 모르지만, 내가 실수한 건 알아요. 난 떠났어요. 그건 부인하지 않겠어요. 나는 떠났지만, 당신이 원한다면 돌아오겠어요."

하룬은 아버지를 쳐다보았습니다. 라시드는 아무 말도 하지 못했습니다.

"정말이지, 셍굽타는……" 소라야가 말을 이었습니다. "비쩍 마르고, 코를 훌쩍거리고, 콧물을 질질 흘리고, 더럽고, 인색하고, 지저분하고, 족제비처럼 교활한 사무원이에요! 그 사람, 나하고는 끝났어요. 나하고는 완전히 인연을 끊었어요. 영원히 지나간 사람이에요."

"카탐슈드." 하룬이 조용히 말했습니다.

"맞아. 셍굽타는 이제 끝났어." 어머니가 받았습니다.

"잘 돌아왔어."라시드가 말했습니다.

세 명의 칼리파(와 오니타)는 서로 끌어안았습니다.

마침내 소라야가 말했습니다.

"안으로 들어가요. 비를 즐기는 것도 정도껏 해야죠."

그날 밤 잠자리에 들었을 때, 하룬은 축소된 후투티 하지만을 작은 황금색 봉투에서 꺼내 왼쪽 손바닥에 올려놓았습니다.

"이해해 줘. 내가 너를 필요로 할 때 네가 늘 여기 있을 거라고 생각하면 정말 기뻐. 하지만 이런 상태라면 솔직히 말해서 나는 아무 데도 갈 필요가 없어."

"하지만 하지만 하지만 문제없어."축소된 후투티가 (부리를 움직이지 않고) 작은 소리로 말했습니다.

하룬은 후투티 하지만을 다시 봉투 속에 집어넣고, 봉투를 베개 밑에 넣고, 베개를 머리 밑에 놓고 잠이 들었습니다.

잠에서 깨어나 보니 침대 발치에 새 옷이 놓여 있고, 침대 옆 탁자에는 제대로 작동하는 새 시계가 놓여 있었습니다. 시계는 정확한 시간을 가리키고 있었습니다.

'선물인가?' 하룬은 궁금했습니다. '이게 다 뭐지?'

그제야 하룬은 생각이 났습니다. 오늘은 하룬의 생일이었습니다. 하룬은 어머니와 아버지가 아들이 침실에서 나오기를 기다리며 돌아다니는 소리를 들을 수 있었습니다. 하룬은 침대에서 일어나 새 옷을 입고 새 시계를 좀 더 자세히 들여다보았습니다.

'그래.' 하룬은 혼자 고개를 끄덕였습니다. '이곳에서는 시간이 다시 정확하게 움직이고 있구나.'

침실 밖 거실에서 어머니가 노래를 부르기 시작했습니다.

옮긴이의
덧붙임

살만 루슈디는 인도가 영국의 지배로부터 독립하기 두 달 전인 1947년 6월에 뭄바이의 유복한 이슬람교도 집안에서 태어났습니다. 14세 때인 1961년에 '럭비 스쿨'(영국의 유명한 사립 중학교)에 입학했지만 동급생들한테 왕따를 당했습니다. 인종차별 때문이기도 했지만, 주된 이유는 운동을 못했기 때문이라고 합니다.

인도와 파키스탄이 분리 독립할 때 이슬람교도는 대부분 파키스탄으로 이주했지만, 루슈디 가족은 인도에 남는 쪽을 택했습니다. 그런데 외가 쪽 대부분이 파키스탄으로 떠나 버렸고 친구들도 마찬가지였기 때문에, 루슈디 가족도 1964년에 마침내 파키스탄의 카라치로 이주하게 되었습니다. 하지만 이슬람 율법을 엄격하게 지키는 '맑고 깨끗한 나라'(파키스탄)는 소년 루슈디에게 그다지 매력적인 나라가 아니었습니다.

이듬해인 1965년에 방학을 맞아 집에 돌아왔을 때 제2차 인도-파키스탄 전쟁이 일어나 루슈디는 몹시 고민했습니다. 인도 국경을 넘어 파키스탄에 온 지는 얼마 되지 않았고, 오랫동안 살아온 고향 인도를 도저히 미워할 수 없었다고 합니다. 부모님은 그를 비행기에 태워 영국으로 보냈고, 그는 케임브리지 대학교의 킹스 칼리지에 입학했습니다. 대학에서는 역사를 전공하고 연극 활동에 참가했습니다. 대학을 졸업한 뒤에는 극단에 배우로 들어갔지만 1년 만에 그만두고, 광고회사에 다니면서 소설을 쓰기 시작했습니다.

사실 루슈디는 어릴 적부터 작가가 되는 게 꿈이었습니다. 그가 태어나기 전에 세상을 떠난 할아버지는 뛰어난 우르두어(페르시아어와 아라비아어가 혼합된 언어로, 인도의 이슬람교도들이 주로 사용합니다) 시인이었고, 아들과 마찬가지로 케임브리지 대학교 킹스 칼리지를 졸업한 아버지도 '대단히 문학적이고 지성적인 사람'으로 우르드어 문학과 서구 문학 연구자였습니다. 게다가 부모님이 둘 다 이야기꾼이었는데, 어머니는 '족보의 천재'라고 불릴 만큼 조상과 역사에 해박해서, 어머니의 이야기는 끝이 없었다고 합니다. 아버지는 밤마다 『아라비안나이트』를 약간 개작한 이야기를 루슈디가 잠들 때까지 들려주곤 했습니다. 루슈디를 근래에 보기 드문 이야기꾼 작가로 키운 것은 이처럼 어릴 적부터 친숙해진 『아라비안나이트』와 인도 설화의 무궁무진한 세계였던 것입니다.

데뷔작 『그리머스』(1975년)는 SF(공상 과학 소설)와 민담을 뒤섞은 우화 소설로, 별로 성공하지 못했습니다. 그러나 1981년에 발표한 두 번째 소설 『한밤의 아이들』은 가브리엘 가르시아 마르케스(1982년에 노벨 문학상을 받은 콜롬비아의 소설가)의 『백 년 동안의 고독』과 함께 '마술적 사실주의'의 대표작으로 꼽힐 만큼 뛰어난 작품입니다.

1983년에 『부끄러움』을 발표하고, 1988년에 네 번째 소설 『악마의 시』를 발표했는데, 이 작품은 루슈디에게 세계적인 명성과 고난을 함께 안겨 주었습니다. 인도의 뭄바이를 떠난 점보제트기가 영국 해협 상공에서 폭발하고, 두 남자가 바다에 떨어져 살아남습니다. 어떤 섬에 도착한 두 사람에게 이상한 변화가 일어납니다. 한 사람은 머리에 후광이 생겨 천사가 되고, 또 한 사람은 머리에 뿔이 돋아나 악마가 됩니다. 이들은 함께 순례 여행을 하면서 온갖 사건을 겪지만, 선과 악의 경계는 점점 희미해집니다. 서양의 평론가들은 이 작품을 호평했지만, 이슬람교도들은 발끈했습니다. 루슈디가 이 책에서 이슬람교의 창시자인 예언자 무함마드를 모독했다고 생각한 것이지요. 이듬해에는 당시 이란의 최고 지도자였던 아야톨라 호메이니가 루슈디에게 '파트와'(죽음의 선고)를 내렸습니다. 이 '파트와'는 이슬람교도들에게 지상명령이었고, 또한 그에게는 100만 달러의 현상금까지 내걸렸습니다. 신변의 위험 때문에 루슈디는 잠적할 수밖에 없었고, 이때부터 시작된 은둔과 망명의 생활은 1998년에 모함마드 하타미 이란 대통령이 '파트와'를 공식 철회할 때까지 계속되었습니다.

『하룬과 이야기 바다』는 루슈디가 은둔 생활을 시작한 뒤 처음 발표한 책입니다.

1990년에 이 책이 처음 나왔을 때 사람들은 깜짝 놀랐습니다. 그때까지 나온 루슈디의 소설과는 전혀 다른 내용이었기 때문입니다. 『아라비안나이트』 같다, 『스타워즈』 같다, 『거울 나라의 앨리스』 같다, 만화책 같다, 인도 영화 같다는 등 여러 가지 감상이 난무했지만, 그것은 차례로 나타나는 불가사의한 이야기, 특이하고 이상야릇한 생물들, 재치 있는 말장난, 속도감 넘치는 전개, 활기찬 액션 등을 가리키는 평가였습니다.

미국의 인기 작가인 스티븐 킹은 "시공을 초월한 놀랍고 훌륭한 소설. 문학 천재의 명작"이라고 평했고, 나딘 고디머(1991년에 노벨 문학상을 받은 남아프리카공화국의 소설가) 여사는 "환상적이고 재미있다. 드라마와 코미디, 선과 악 사이를 펑펑 날아다닌다.

유쾌한 것에서 오싹하게 기분 나쁜 것까지 온갖 생물이 등장한다. 이 즐겁고 뛰어난 책에는 온갖 상상력이 가득하다."고 감상을 말했습니다.

이 책은 사실 루슈디가 은둔 생활에 짓눌린 상황 속에서, 아들 자파르(당시 11세)에게 읽어 줄 이야기로 지은 것입니다. 그래서 동화의 형식을 빌려 태어났지만, 그 내용은 매우 복잡하고 깊은 의미를 가지고 있습니다. 이야기하는 능력을 잃어버린 이야기꾼과 모든 이야기의 원천인 상상력의 바다를 봉쇄하려고 애쓰는 독재자—이들의 투쟁은 얼핏 보면 단순한 선악의 대결 같지만, 좀 더 깊이 들여다보면 언론의 자유, 창작의 자유에 대한 우화로 읽힙니다. 루슈디는 자신이 놓인 처지를 곱씹으면서 그런 상황을 설정한 게 분명합니다. 소설 때문에 목숨의 위협까지 받아야 했던 그로서는 당연하고도 자연스러운 절규요 항변이었을 것입니다. 그러니 이 책에 등장하는 이야기꾼 라시드와 그의 아들 하룬은 작가 루슈디와 그의 아들 자파르를 대신한 인물이라는 것을 알 수 있습니다.

『하룬과 이야기 바다』는 '영국작가협회상'을 받았고(최우수 아동도서 부문), 여러 차례 연극으로 공연되기도 했습니다. 자료에 따르면, 책이 나온 직후 캐나다의 인형 극단이 각색하여 공연했고, 1998년부터 1999년까지 런던의 영국 국립 극장에서 팀 서플의 각색과 연출로 상연되었고, 그 후 영국에서 순회공연을 했다고 합니다. 하룬과 그 친구들의 모험이 무대 위에 어떻게 펼쳐졌는지 자못 흥미를 불러일으킵니다.

20년 뒤인 2010년에 루슈디는 『루카와 생명의 불』을 발표했는데, 이 책은 자파르보다 18년 뒤에 태어난 둘째 아들 밀란(당시 12세)을 위해 쓴 것입니다. 이 책의 주인공 루카는 『하룬과 이야기 바다』의 주인공 하룬의 동생입니다. 그들의 아버지 라시드와 어머니 소라야도 만날 수 있습니다(현실 세계에서는 어머니가 다르지만). 두 책 모두 아들이 아버지를 구하는 이야기를 담고 있습니다. 하룬은 이야기하는 능력을 잃어버린 아버지에게 그 능력을 되찾아 주기 위해 마법의 세계로 떠나고, 루카는 깊은 잠에 빠져들어 생명이 꺼져 가는 아버지에게 생명을 되돌려 주기 위해 마법의 세계로 떠납니다.

이 책에는 인명과 지명으로 야릇한 고유명사가 많이 나오는데, 역자가 임의로 만든 것 같지만 그렇지 않습니다. 작가 자신이 힌두스탄어(인도 북부의 표준어) 낱말을 사용하고 그 뜻을 책끝에 설명해 놓았는데, 그 뜻풀이를 참고하여 역자가 우리말로 지은 것입니다.

몇 가지 예를 들면, 수다족은 '구피'(수다쟁이)를, 잠잠족은 '춥왈라'(조용한 사람)를, 이바구는 '카하니'(이야기)를, 허랑은 '볼로'(허풍떨다)를 우리말로 옮긴 것입니다.

문학동네 청소년 14

하룬과 이야기 바다

1판 1쇄	2012년 10월 15일
1판 3쇄	2023년 4월 3일

지은이	살만 루슈디
옮긴이	김석희
책임편집	홍지희
편집	원선화 이복희
디자인	선우정
마케팅	정민호 이숙재 김도윤 한민아 이민경 안남영 김수현 왕지경 황승현 김혜원
브랜딩	함유지 함근아 박민재 김희숙 고보미 정승민
저작권	박지영 형소진 오서영
제작	강신은 김동욱 임현식
제작처	영신사

펴낸곳	(주)문학동네
펴낸이	김소영
출판등록	1993년 10월 22일 제2003-000045호
주소	10881 경기도 파주시 회동길 210
전자우편	kids@munhak.com
홈페이지	www.munhak.com
카페	cafe.naver.com/mhdn
트위터	@kidsmunhak
인스타그램	@kidsmunhak
북클럽	bookclubmunhak.com
대표전화	(031)955-8888
팩스	(031)955-8855
문의전화	(031)955-8890(마케팅) (02)3144-3238(편집)

ISBN 978-89-546-1906-6   03840

·잘못된 책은 구입하신 서점에서 교환해 드립니다. 기타 교환 문의: (031)955-2661, 3580